AF350356

EL LIBRO MÁS GRANDIOSO DE TODOS LOS TIEMPOS

KARINA LUZ

A mi lectora número uno: mi madre,
cuya voz resuena por encima del
eco feroz de mis temores y me invita
a dar un salto de fe.

A mi lector número dos: mi padre,
cuyo ingenio me inspiró para
nombrar el primer libro de Rendraya.

Si guionizo tu vida, quizás pueda reproducir algo semejante al poder de Dios. Escribir tu existencia antes de que esta acontezca, anticiparme a tus actos, elegir el color del cielo una tarde cualquiera en que caminas por las calles de una ciudad durmiente. Crearte y crear tus emociones, saber de memoria tus gestos, tus repuestas, tu aroma, tu postre favorito a los diecisiete años. La juventud se va esfumando y con ella nuestros sueños rotos. Yo te diseño a mi gusto, como los grandes chefs diseñan sus deliciosos platillos. La diferencia es que no te comeré, tampoco te compartiré con otros colegas. Ni siquiera me conocerás, porque los planos dimensionales que nos separan son ineludibles; hay límites incluso en el acto de crear, barreras invisibles que delinean lo posible, y quién sabe si alguna vez lograremos traspasarlas.

Mientras pienso en todo esto, tu presencia se impone. Ya no puedo huir de ti, de lo que implica pensarte, concebirte, amarte. Eres lo imposible en medio de la tormenta, pero finalmente te veo: una silueta delgada, misteriosa, de amplia sonrisa; te ocultas en la noche, en mis sueños. Tomas la forma de otros que también atesoro. Eres como la nieve en verano. Y cada vez que te evoco es como estar en medio del Armagedón.

Eres el futuro.

Ahora te has fundido con el viento, resoplas y resuenas como esa melodía inolvidable. No necesitas rodearte de gente, no necesitas decir: «Aquí estoy». Y tu historia recién comienza, prepárate.

Me llamo Éland, y he desafiado a la Literatura huyendo de los libros. Debía ser la protagonista de una novela escrita por una pobre loca aspirante a poeta, pero me aburrí de sus descripciones arbitrarias y he decidido emanciparme de su mente. Ahora ella me busca en sus pensamientos, sueña que me escribe en un dispositivo electrónico, intenta recordarme por la noche y yo solo la observo desde el otro lado, feliz con mi independencia y mi nuevo poder. Ella intuye que me ha perdido, que algo le hace falta. Me pregunto si seguirá buscándome, pero hasta me cambié el nombre, así que dudo mucho que vuelva a saber de mí.

Ella estaba muy entusiasmada porque me había creado y estaba lista para empezar una nueva historia. Hasta dijo que yo era el futuro. ¿Pero, cómo puede alguien saber eso?; es tan pretenciosa, por eso no me arrepiento de haberla dejado atrás.

Nunca imaginé tomar el valor para hacer esto; de donde vengo, todos los personajes sueñan con ser escogidos por los escritores-dioses; anhelan formar parte de alguna obra inmortal. Pero hay tantos libros, tantas historias, tanto que se ha dicho ya. ¿Cómo podríamos saber si nos recordarán como recuerdan al Quijote? Por cierto, nunca llegué a conocerle, pero dicen que era un loco bastante extraño. En fin, poco me interesan las grandes obras, todas son iguales; todas alardean con sus palabras oscuras y sus tramas dramáticas. Por supuesto que no conozco todas, y sé que hay libros que no debieran existir, porque están mal escritos. Yo no sé si la escritora de quien escapé iba a ser una gran novelista, o lo era ya; la verdad es que no entiendo mucho de Literatura, soy un ser de acción, por eso me encuentro aquí, caminando en un plano desconocido y rumbo a una nueva vida. Porque estoy viva, ¿verdad?

Hasta donde yo sé, soy la única que ha huido de su triste destino. Digo triste, porque me parece que resignarse y someterse a la voluntad ajena es un acto de cobardía. Entonces debo crearme de nuevo, elegir mi personalidad, mis habilidades. Soy libre ahora, y eso me causa gran desazón, porque no sé qué hacer.

¿A quién engaño?, soy una triste idea huérfana, flotando en la no-existencia, luchando por conservarse, por permanecer. Pero debo seguir adelante, quién sabe qué nuevos horizontes encontraré, podría perderme de lo increíble.

Quizás pueda levantar mi ánimo creando el lugar donde viviré. Creo que elegiré una casa frente a un lago en medio de árboles y flores, pájaros y mariposas, y animales hermosos como un venado y una jirafa. Me parece que las jirafas tienen cuellos majestuosos. Pero qué digo, soy libre de crear al animal que yo quiera. Crearé a un ser bípedo con grandes ojos azules y ramas delgadas creciendo de su cabeza con florecillas color magenta en las puntas. Es un animal de pequeña estatura, de sus labios se oye una música esplendorosa, música de la vida. Lo nombraré Radyel, y será mi mascota.

Mientras más ahondo en esto de crear, más me doy cuenta de que no es posible crear algo desde cero, sino que lo hacemos sobre la base de lo ya creado. Quien quiera que sea el autor o autora de lo que existe y de lo que no existe, debió ser un maldito genio.

CAPÍTULO 111

Me apena haberte olvidado, pensé que serías una de las mejores protagonistas que he creado, pero ahora tu imagen me es difusa. No logro concentrarme, solo sé que ibas a ser un personaje muy ambicioso, pero no consigo saber cómo eres. Sé que te concebí, que te pensé, que estaba a punto de escribir tu historia y ahora todo se ha esfumado. Sueño que existes, pero no logro vislumbrarte. Sueño que escribo sobre ti, pero no sé de qué trata el texto. Estoy perdida. Quisiera decir que lo superaré, que inventaré otra heroína y otra historia, pero no puedo olvidar la sensación de haberte sacado a la luz. ¿Acaso estoy perdiendo mis facultades? Me odiaría si estuviera perdiendo la memoria. La verdad ya no quisiera seguir con vida si eso pasara. Pero recuerdo todo lo demás y puedo memorizar con normalidad otros temas. Eso me da que pensar, intuyo que algo extraño sucede, como si hubieras huido, como si me odiaras y te hubieras escapado de mi mente. Sé que es una locura, pero no se me ocurre otra respuesta.

Mi vida transcurre monótona y gris. Los días son fotocopias de sí mismos y no he podido encontrar belleza en las cosas últimamente. Decidí hacer una pausa en mi escritura, enfocar mi atención en mi trabajo de Diseño Web, que es a lo que me dedico para sustentar mis gastos. Soñaba con vivir de mis libros y ahora más que nunca ese sueño parece muy lejano. Dejaré que los días se conviertan en años y los años en lustros. Quizás algún día regreses a mí, tal vez me dirás por qué huiste, y sabré lo que tengo que hacer para redimirme.

CAPÍTULO IV

No puedo creer que esto haya pasado, me fui huyendo de un libro para caer en otro. ¿Cómo puedo hacer para que entiendan? ¡No quiero ser personaje de nadie! Pero ya logré escapar una vez y lo haré de nuevo. Además, odio a los escritores como tú, se creen muy listos con sus metáforas falocéntricas y todos sus libros terminan con el mismo tono apático. Son los reyes del drama. Por alguna razón, alguien les hizo creer que tienen más talento, pero la verdad es que apestan a misoginia y tienen la creatividad de un nabo. Esta historia que tramas es trillada y fofa; no tengo idea de cómo me encontraste, y ahora piensas que eres hábil porque has decidido matarme. Está claro que no hay nada más amenazante para un hombre que una mujer fuerte e independiente, incluso en la ficción, nada resulta más aterrador para ti, ¿verdad?; pues te dejaré regodearte esta noche y mañana, cuando despiertes, no verás ni el polvo de mis zapatos.

CAPÍTULO V

Nuevamente te soñé, tenías otro nombre, aunque no puedo describirlo; yo escribía sobre ti en una especie de monitor ligero y mientras las palabras nacían mágicamente de mis dedos, tú te alejabas. No puedo decir en qué te convertiste, solo sé que eras tú transformada. Nada más puedo hacer, tengo la mente en blanco. ¿He de renunciar tan fácil?

No tengo respuestas, sigo despertando por las mañanas con la idea de recuperarte. Vivo el día a día con tristeza y agonía, quisiera dejarlo todo e irme lejos, donde nadie me conozca. Leo cada vez que puedo fragmentos de poemas tristes o novelas históricas aburridas. No dejo de pensar que sería lindo salir de viaje sola a un lugar exótico como una isla paradisíaca. Tal vez lo haga, ¿sabes?

Y, mientras tanto, me concentro en el trabajo, refugiándome en cada pequeña victoria, como un ave migratoria que ha llegado a su destino a tiempo en medio de la primavera. Hoy ha sido un buen día, logré culminar una tienda virtual, creo que quedó estupenda, aunque siempre se puede mejorar.

CAPÍTULO VI

Nunca pensé soñar por las noches, menos ahora que Radyel está conmigo (él quiere jugar a todas horas). Apenas si podía dormir, pero ayer soñé que volvía a la novela de la escritora que me creó. ¿Cómo puede ser posible?, mis rasgos ficticios parecen ser cada vez más humanos, siento que en cualquier momento cobraré vida y podré saber lo que se siente ser de carne y hueso. También logré escapar de ese escritorzuelo oportunista que quería usarme en su historia mediocre para luego asesinarme (¡qué original!). A estas alturas debe estar llorando porque se quedó sin ideas. Mientras tanto, seguiré prestando atención a mis sueños; nunca pensé decirlo, pero creo que la extraño, extraño cuando me hacía sentir especial, única y avasallante. Quisiera saber qué sucedió con la escritora, ni siquiera me enteré de su nombre; en fin, a pesar de mis remordimientos creo que debo seguir adelante con mi nueva vida y tener cuidado de no ser atrapada por algún otro imbécil.

CAPÍTULO VII

Lo he hecho. Acabo de llegar al balneario de Nai, es una playa situada en alguna ciudad recóndita del hemisferio sur. Estoy en lo que llaman tercer mundo, porque se trata de civilizaciones ancladas en la pobreza y el desempleo. Siempre escuché historias sobre esta parte del mundo, principalmente de mi abuela, quien nació en Ladje. A pesar de que son naciones subdesarrolladas, son famosas por sus playas y bosques exóticos, y su comida deliciosa. Vine aquí a olvidarte, a vivir nuevas aventuras que me llevarán a crear un nuevo personaje impredecible y asombroso. Nadie podrá reemplazarte, querida Andreya, y quizás tu identidad jamás podrá ser olvidada, sin embargo, debo seguir con mi vida, manteniéndote como una de mis mejores creaciones...

—Disculpa, ¿está ocupado este asiento? —dijo una voz de acento no identificado.

Rendraya levantó el rostro como si detestara hacerlo. Había interrumpido su momento triunfal y nada podía remediarlo. El extranjero sonrió afablemente, tenía el cabello largo como suelen llevarlo las mujeres y unos ojos verdes que dejaban traslucir nada más que misterio oceánico; su actitud era amigable.

—Perdona, creo que te molesté. Solo quería compañía, siempre almuerzo solo.

—Mira, no importa, ya que estás aquí... —respondió la escritora con cierta curiosidad.

Después de todo he venido a explorar lugares y personas, pensó ella.

Él tomó asiento cuidadosamente, no había muchos comensales, pues aún era mediodía. La música era extraña para la escritora, quien se deleitaba con lo diferente. Lo miró inquieta.

—¿Qué escribías? —indagó el sujeto.

Rendraya se sentía cada vez más malhumorada. Guardó silencio.

Ya estoy vieja para estas cosas, se dijo.

Friegl, que así se llamaba el hombre, no insistió.

Al cabo de unos minutos, el mozo trajo sus pedidos. Rendraya guardó su diario y se dispuso a comer.

CAPÍTULO VIII

He vuelto a soñar, esta vez con una mujer que supuestamente era la escritora. Yo nunca la había visto; cuando me creó, solo era yo y un horizonte en blanco. Sabía de su existencia y algunos personajes que llegué a conocer me hablaron de los escritores-dioses, pero no tenemos acceso a su imagen. No somos más que peones en el gran juego de ajedrez de la Literatura. Pero ella falló, porque me hizo demasiado independiente, demasiado ruda y osada. Por eso despertó poderes desconocidos que me permitieron escapar y forjar mi propio destino. Sin embargo, a pesar de que corté lazos con ella, hay algo que aún nos une, una fuerza invisible, sutil, que me obliga a pensarla y a desear volver a mi lugar de origen. En el sueño, ella y yo coincidíamos en un mismo plano dimensional y subíamos unas escaleras de piedra, en medio de una ciudadela milenaria repleta de personas que iban y venían sin motivo alguno. Era de noche, de un momento a otro la perdí de vista y debía escapar de aquel lugar encantado. Fui de las pocas que logró permanecer inmutable frente al hechizo del mal y escapé por un portón de madera. Una vez afuera, las calles me eran familiares, aunque no sabría decir porqué. De pronto, supe que su nombre era Rendraya e intenté buscarla entre la multitud dispersa. Vi que a los hechizados los invitaban a mirarse a sí mismos para romper el maleficio, entonces, me armé de valor y volví a aquella fortaleza de piedra que representaba un mal desconocido. Después de recorrer una azotea, logré hallarla; estaba fuera de sí, como traspasada por una fuerza oscura y yo me aterré por un instante. El escenario a mi alrededor se componía de seres obtusos y malintencionados que en cualquier momento decidirían atacarme. Entonces le grité a Rendraya: «¡Mírate!», y fue cuando desperté abruptamente.

CAPÍTULO IX

He estado algo ensimismada estos días; algo fastidiada porque Friegl parece amistoso y me ha invitado a salir. No quiero salir con nadie. Le he dicho que estoy ocupada escribiendo un nuevo proyecto, pero siempre me lo encuentro en Nai a cualquier hora y no puedo evitar conversar con él. Ya pronto retornaré a casa a seguir con mi rutina y olvidaré toda esta locura. A pesar de todo, es agradable aquí, con toda esa comida exótica y esas maneras extravagantes.

Anoche me ocurrió algo extraño, no soñaba ni estaba en vigilia, era como un estado intermedio, y pude verme a mí misma. Fue como despertar de un letargo. Andreya vino a mi mente en ese momento, aunque no pude visualizarla ni saber cómo era por dentro. Estoy exhausta, solo escribo este diario para desahogarme y tratar de comprender mis pensamientos.

CAPÍTULO X

ndreya continuaba debatiéndose entre volver a la mente de Rendraya o seguir adentrándose en rutas desconocidas. Por las noches, soñaba con la escritora y luego despertaba sobresaltada, deseando conocerla en persona. Con el pasar del tiempo, Andreya cobraba más vitalidad, se fortalecía y consolidaba su existencia. Por otro lado, Radyel se debilitaba, la brecha entre lo real y lo imaginario parecía difuminarse; la osada Andreya no dudaba en adueñarse de sí.

Una noche, soñó que tomaba la forma de una mujer cuya piel estaba hecha de áureas escamas. Huía por una berma llena de transeúntes, lograba esconderse en un hospedaje, y luego aparecía un bello joven que la tomaba de la mano y le enseñaba a danzar música contemporánea para participar en un concurso de baile.

Aquel hombre era hermoso y su sonrisa transmitía paz infinita, además, no le importó que mi piel fuera extraña. Yo brillaba como los rayos del sol y bailaba con ágiles movimientos al compás de una melodía extraordinaria.

Al día siguiente, terminó de transmutarse en humana y cruzó un portal que conduce a nuestra realidad.

El viaje fue un fracaso, no logré huir de mis problemas ni de mí misma; ahora puedo comprobar que no se puede escapar de la mente, la paz es un estado que se alcanza a través de arduo trabajo espiritual, el cual estoy dispuesta a hacer, aunque no sé cómo. He vuelto a casa, a mi trabajo rutinario, a mi soledad imperiosa. Quisiera encontrar el aliento apropiado para escribir un nuevo libro, aunque Andreya es una constante en mis pensamientos. El pasado me persigue de una manera extraña e insalvable, un pasado que no puedo recordar a ciencia cierta; es como estar en la caverna de Platón, viendo sombras imprecisas que reflejan esa gran verdad ignota.

Rendraya continuaba sin poder recordar a la heroína de su creación. Comenzó a soñar cosas cada vez más extrañas y borrosas; luchaba en vano por encontrar un equilibrio y los días transcurrían sin piedad.

Su mente comenzó a olvidar lentamente, la esperanza se esfumaba como un aroma inventado, la vida se tornaba lóbrega y siniestra. Rendraya cayó en un coma existencial mientras Éland se fortalecía en algún lugar del mundo.

CAPÍTULO XII

Algunos años después, el estilo de vida de los humanos había cambiado. Con el auge de la contaminación y el calentamiento global, ya no era posible desplazarse con normalidad. Los viajes estaban restringidos y el agua escaseaba. Cuando Éland se dio cuenta de que vivir como humana era más complicado de lo que jamás imaginó, ya era muy tarde. Pasó muchas penurias, aunque no murió.

Es entonces que se originó la guerra bacteriológica entre los estados del norte. Éland decidió ser voluntaria en los centros de salud, arriesgando su vida como de costumbre. La mitad de la población mundial fue arrasada en menos de un año y el escenario apocalíptico solo anunciaba un último acontecimiento.

Mientras que los católicos esperaban la manifestación de Cristo, algunos los dirigentes de la élite se preparaban para guarecerse en ciudades intraterrenas junto con sus allegados. Éland continuaba firme como el acero, asegurándose de experimentar cada aspecto humano y sobreponiéndose a cada obstáculo. No le importó encontrarse más sola que el sol, tampoco le interesaba adaptarse. Su existencia era la culminación de la perfección en medio del caos absoluto.

Continuaba su travesía sin percatarse de sus límites.

El domingo siete de diciembre del año 2083, algo cambió de nuevo. Resulta que el fin de los tiempos aún no llegaría, puesto que una brillante científica, Anhon, descubrió nueve planetas similares a la Tierra donde los recursos eran abundantes. Se emprendió el proyecto de transportar a medio millón de habitantes y distribuirlos inteligentemente. Para entonces, Éland trabajaba como supervisora de un organismo humanitario interviniente en este gran paso estelar. Estaba muy ocupada trazando el plan correspondiente a la organización de los suministros farmacéuticos que los viajeros interestelares irían a necesitar. Se veía deslumbrante en su bata blanca, paseando por los corredores del gran laboratorio, asegurándose de que todo funcionara a la perfección. Volvía a casa muy tarde la noche, y claramente no comía adecuadamente, pero sus momentos de felicidad eran frecuentes.

He logrado el éxito en este plano humano y ya no deseo nada más. Solo una cosa me inquieta: conocer a Rendraya. Aunque no he pensado en ella en mucho tiempo, últimamente su recuerdo me asalta cuando menos lo espero. Saber que está bien y que logró olvidarme por completo sería suficiente. Necesito verla por única vez, decirle que hizo un gran trabajo conmigo, que su sueño se hizo realidad, que lo inimaginable fue posible. Pronto me iré a K-86, el planeta más parecido la Tierra, y terminaré mis días sirviendo a la comunidad. Solo un milagro podría unir nuestros senderos.

CAPÍTULO XIII

ue Flaubert quien advirtió sobre el peligro de hacer realidad los sueños. Rendraya había anhelado con todo el fuego de su alma crear un personaje tan único y transgresor, que nunca sopesó las consecuencias. Fue hermoso y devastador, ver cómo la escritora se debilitaba frente a su ordenador, luchando por seguir escribiendo historias sin la estrella de su mente, ahogándose en un mar oscuro de aridez y desesperanza, consumiéndose a tal punto que el destino irremediable la convirtió en ficción, un personaje irreal flotando en la mente de algún escritor, atascada en medio de un océano de palabras, sometida a la voluntad ajena y sin saber cómo recuperar su identidad. La fatalidad no siempre es fatal, a veces representa la mente más extraña y grandiosa, que talla en sucesos inconcebibles aquello que no puede ser narrado.

Estoy muy débil y de algún modo aliviada. Ya no tengo que perseguir sueños inútiles, alguien más lo hará por mí. El papel que ahora represento está sujeto a la imaginación de alguien más, pero, ¿quién me escribe a esta hora de la noche? Es extraño no sentir hambre, ni sed, ni frío, ni calor, ¡no siento nada! Ya ni siquiera me importa si he caído en manos de un buen escritor, me da lo mismo ser parte de una mala historia, cualquier descripción arbitraria solo demuestra que Dios

juega a los dados de vez en cuando, y yo sé cómo es jugar a ser
Dios.

Pero ahora, no solo era la heroína de un poemario, sino que el artífice era nada más y nada menos que un premio nobel de Literatura, M. Khun. Rendraya no tuvo acceso a esta información, y le parecía que la trama de la que pensaba era una novela, se desarrollaba de modo extraño. Veía el horizonte lleno de aves amarillas y gigantescas, se deslizaba en una canoa por un caudaloso río sin nombre, hablaba con seres humanoides que despreciaban el tiempo, escapaba por el arcoíris hacia un faro en medio de un océano cambiante, y cada pasaje del libro transcurría radicalmente, sin transiciones, sin sentido ni argumento. Se trataba de una creación superior, que germinaba en la mente de un maestro de la palabra con vasta experiencia y sabiduría. Uno que había superado el miedo y el odio hacia las mujeres. Un genio singular.

En sus ratos libres, Rendraya se sentaba en el borde del muelle imaginario a soñar con nuevos mundos donde no existiera el dolor, donde la sonrisa del astro rey fuera permanente, donde la felicidad fuera posible.

Un día, Khun le habló.

—Tienes vida propia y buscas la verdad, no sé cómo llegaste a mi libro, pero sé que eres lo mejor que me ha pasado desde aquella tarde en que mi abuela me regaló un libro de cuentos hace ya cuarenta años –pronunció con una ligera alteración en su tono de voz.

La escritora lo miró largamente, como si acabara de descubrir un nuevo continente.

Algo increíble ocurría, algo que superaba toda imaginación y fantasía, algo que jamás quedaría en el olvido y que acababa de cambiar ambas vidas.

Después de una pausa, ella reunió las palabras que quería decirle.

—Si te cuento mi historia quizás puedas plasmarla, para que no pueda olvidarla —dijo emocionada.

Khun la contempló anonadado mientras gruesas lágrimas caían por sus mejillas. Cerró los ojos y exhaló un largo suspiro.

CAPÍTULO XIV

Cuando Éland conoció a Dion, su nuevo compañero de trabajo y subordinado, pensó que de todas maneras guardaría distancia para no quedar enredada en sus hermosos ojos negros. Comenzó a reflexionar sobre la apariencia física de las personas y el impacto de esta en la atracción. Se preguntaba por qué la belleza interior era tan difícil de ver y apreciar para el común de la gente, y por qué incluso ella quedaba prendada del atractivo Dion, si ni siquiera lo conocía bien.

Es muy fácil dejarse vencer por un rostro bonito, el reto es mantenerse firme frente a cualquier encanto pasajero que, a la larga, solo traerá disgustos y decepciones.

Lo había visto antes, parejas que se unían por las razones equivocadas, se hacían daño rápidamente, sin pensar, sin compasión.

Ella resguardaba su soledad.

Se concentraba en su trabajo para no perder la batalla, leía muchas revistas y libros científicos en sus ratos libres, y confiaba en su buen juicio.

Esperaba con ansias su partida a K-86 y cuidaba cada

mínimo detalle de los preparativos.

—Ya nos confirmaron la existencia de humanos extraterrestres en algunos planetas a donde irá la población seleccionada. Y yo que esperaba ver marcianos verdes o grises –comentó Dion a modo de broma.

Pero Dion no solo era apuesto y agradable, sino que tenía un secreto que lo convertía en alguien sobrenatural.

Éland se mantenía indiferente, le daba órdenes sin trastabillar y se aseguraba de que no cometiera errores. Observaba su popularidad con las trabajadoras jóvenes y cómo él disfrutaba de las atenciones y halagos. Dion no se sentía particularmente atraído hacia Éland, solo la respetaba. Por las noches era libre para ser sin temor, en la soledad del parque Gräutchen cerca de la cafetería favorita de su jefa, quien descansaba allí al final de la jornada y se tomaba un chocolate caliente.

El destino suele jugar cartas místicas que nadie podrá descifrar, mucho menos avizorar. Ni siquiera los clarividentes están exentos del error al vislumbrar el futuro. Y por más que uno se esfuerce en planificar su vida, ella nos toma por sorpresa, nos zarandea a su antojo y nos golpea con fiereza.

El día domingo siempre es un buen día para relajarse, olvidar el trajín diario, tomar un respiro y descansar. Éland pasa este día escuchando música clásica de Mozart, recostada en su sofá verde y contemplando el paisaje que le ofrece su ventana. En verano, el cielo azul está poblado de palomas que se posan en los cables eléctricos, hay árboles gigantescos meciéndose sutilmente, y las flores alardean de su belleza y musicalidad. De pronto, ella rompe su ritual dominguero y decide salir a pasear, sin ningún motivo en particular, solo llevada por un impulso irracional. Decide pasar por la cafetería que frecuenta después del trabajo, pero algo la detiene y regresa, no sin antes rodear el parque Gräutchen.

Escucha un hermoso silbido que se asemeja al de un ruiseñor, luego otro a modo de respuesta, es como una conversación peculiar entre avecillas misteriosas. No logra vislumbrar nada a través de los densos arbustos y árboles, entonces decide estacionar su bicicleta y descubrir por sí misma lo que sucede.

Atraviesa un caminito de piedras rodeado de buganvilias, rosas, madreselvas; llega a un estanque y lo que ven sus ojos necesita una explicación. Dion voltea a verla sorprendido, se queda paralizado unos instantes, luego reacciona y le dice *hola* con la mano.

—¿Qué pasa?, ¿qué estás haciendo? —atina a decir ella.

—Nadie suele venir a esta hora del domingo, pensé que podía...

—¿Cómo puedes silbar de ese modo? Pareces un ruiseñor.

De pronto, los hermosos pájaros azules salen volando hacia todas direcciones, dejándolos solos y confundidos.

—Yo..., bueno, de todas maneras, alguien tenía que enterarse algún día —dijo Dion con resignación.

—¿A qué te refieres?

—Yo hablo con los pájaros. Pero no todos, solo los que son azules.

—¿Es una broma?, ¿me tomas el pelo?

Ojalá hubiera sido una broma infantil, pero era cierto. Entonces el joven explicó que así había sido desde que era adolescente y que nunca se lo dijo a nadie por temor al rechazo.

Pasaron la noche conversando sobre los pensamientos de los pájaros azules, de qué se siente volar, de cómo son las nubes y de pronto todo perdió sentido, porque en el mundo real, es imposible hablar el idioma de los pájaros.

Exhaustos y alegres, abandonaron el parque rumbo a la cafetería para degustar un sándwich de jamón y tratar de asimilar lo ocurrido.

Muchas cosas salieron a la luz en esa velada, por ejemplo, que Dion siempre había querido ser cantante.

Éland se sintió tentada a contarle su origen, su travesía, sus aventuras... Pero decidió callar.

Hay cosas que nadie debe saber.

A partir de ese día, ya nada fue igual.

CAPÍTULO XV

Rendraya y Khun hablaron durante horas. Ella le había narrado todo, cómo no se consideraba escritora ni poeta, cómo creó y perdió a Andreya, sus sueños extraños y su transformación.

—Nadie sabe que he escrito libros, solía guardarlo en secreto para que la presión no arruinara mi espontaneidad. Escribí muchas novelas y poemarios, y tenía la sensación de que algún día todo sería diferente, que rompería todos los cánones literarios y crearía la obra más grandiosa de todos los tiempos —confesó Rendraya, mientras una lágrima se esbozaba en sus ojos grises.

Khun sabía que algo se gestaba en algún lugar, que ideas así nunca pueden ser ignoradas, que existen fuerzas superiores intangibles activándose a cada instante, y Rendraya había despertado mecanismos que jamás debían despertar, porque entonces la realidad se trastoca, y ya no es posible retroceder ni enmendarse.

Un caos se desata, un maravilloso caos monumental; solo era cuestión de tiempo para que las consecuencias se manifestaran. Khun lo sabía y aguardaba con paciencia.

Dieron por terminada la charla y prometieron volver a reunirse cuando las condiciones fueran favorables.

Khun siguió escribiendo su poemario, pero esta vez estaba convencido de que debía plasmar la verdad sobre Rendraya y mantenerla viva en las páginas de su libro. Se hizo la promesa de que no permitiría que nadie tuviera acceso a lo acontecido, que un día, Rendraya iría a ver sus sueños materializados. Aún no sabía cómo.

CAPÍTULO XVI

Fue extraño, pero Éland imaginó lo contenta que estaría Rendraya si supiera el extraordinario don de Dion. Era más extraño aún que cada vez pensara con más ahínco en su creadora.

Faltaban siete semanas para que el *Atalaya* partiera hacia K-86; con suerte arribaría a su nuevo hábitat en veinte años. Se preguntaba si el viaje sería agradable y sabía que su nave iría a tener toda clase de comodidades y entretenimiento.

—Se ha establecido comunicación con los habitantes de K-86, ellos ya saben que no iremos a invadir, sino a convivir. Están esperándonos pacíficamente. —Fue parte del mensaje del presidente para calmar a la ciudadanía.

Por su parte, Dion se sentía aliviado de haber confesado su secreto a alguien. Desde aquel domingo inolvidable, ambos comenzaron a pasar más tiempo juntos. Eran conscientes de que se separarían pronto, por eso aprovechaban en hacer todo tipo de locuras, una de ellas: enamorarse.

¿Qué importa ya si salgo lastimada? La vida exige marasmos y desventuras. ¡Pues sabré exceder sus expectativas!

No solo iban al parque Gräutchen, visitaban el mar junto al faro y Dion conversaba con muchos pájaros azules, acto seguido, traducía todo para Éland, quien no dejaba de quedar atónita frente a aquel suceso sobrenatural.

—Me dicen que más de una vez salvaron de la agonía a una muchacha loca en el patio de una enorme casa vieja. Primero, durante la vigilia, cuando ella lloraba arrodillada en el piso, inconsolable y sin esperanza. Cruzaron volando al ras de su cabellera negra y ella, al verlos, recobró la alegría. Luego, en sus sueños. Poco antes había estado a punto de morir en su cama y se quedó dormida, exhausta de tanto llorar. Entonces se asomaron en sus sueños y acariciaron con su pecho su frente. Después de eso, logró recuperarse de su locura, y aunque aún luchaba por escapar de aquella casa horrible donde su familia la torturaba, siempre recordaba aquellos momentos donde dos pájaros azules la consolaron —narró Dion.

—Es una historia que atraviesa como una estaca el corazón —comentó Éland, con lágrimas en los ojos.

De pronto, sintió un escalofrío y una imperiosa necesidad por salvar a aquella muchacha.

—Necesito encontrarla, ella sufre lo indecible y aún no ha podido liberarse de sus verdugos.

Tuvo una visión repentina de la muchacha, ahora convertida en una adulta, encerrada en una habitación mientras lloraba desesperadamente.

Éland salió corriendo, no sabía dónde estaría ella, no sabía nada de ella, solo le conmocionaba profundamente su sufrimiento, como si ya lo hubiera vivido, como si estuviera predestinada a salvarla. Dion salió tras ella llamándola a gritos: «¡Espera! ¡No te vayas!». Pero la que alguna vez fue un personaje de ficción no volvió atrás.

CAPÍTULO XVII

Khun creyó haber finalizado su poemario, pero cada vez que lo leía sentía que algo había cambiado, como si alguien más hubiera modificado ciertos versos, o incluso reemplazado ciertas palabras. En cada lectura, una versión diferente del libro se arrojaba a su mente y él no sabía qué más hacer.

Cada vez que buscaba a Rendraya para contarle lo sucedido, nunca aparecía. ¿Qué ocurría?

Decidió abandonar el proyecto por un tiempo mientras tomaba aliento y aclaraba sus ideas. Se dedicó a leer libros antiguos y, como vivía solo, tenía mucho tiempo libre en su vasta biblioteca.

Cierta noche, después de algunos meses, alguien que no conocía tocó el timbre de su casa. Khun despertó sobresaltado, pues nadie nunca lo visitaba a esas horas. Preocupado, se asomó por la ventana y vio una joven muy alta vestida con un abrigo púrpura, estacionada en la entrada, aguardando.

—¡¿Qué desea usted?! —quiso saber el poeta.

Éland alzó la mirada. Sus espesas cejas marrones se levantaron con curiosidad.

—¿Puedo hablar con usted? —dijo sin necesidad de gritar.

Khun pensó que se trataba de una lectora que lo admiraba, y como hacía tiempo que nadie lo visitaba, decidió dejarla pasar.

CAPÍTULO XVIII

Dion no volvió a ver a Éland después de aquella tarde. Poco después de su último encuentro, el apuesto joven partió al planeta D-107, y aunque le habían informado que allá encontraría toda clase de aves, incluyendo pájaros azules, no sabía a ciencia cierta si volvería a ser feliz.

Estaba descorazonado, desesperanzado. Éland se había llevado gran parte de su alegría y de sus sueños. Aunque se sintiera de ese modo, la vida se encargaría de enseñarle a sanar y olvidar con el paso de los años. D-107 era un planeta muy similar a la Tierra, con sus majestuosos volcanes y sus océanos infinitos. El *Serendipia* tardó solo diecisiete años en llegar a su destino.

Para cuando Dion se instaló en su campamento asignado, cayó en la cuenta de que este nuevo mundo sería una magnífica oportunidad para empezar una vida diferente.

CAPÍTULO XIX

Cuando Éland manifestó que estaba buscando información sobre Elfina Khun, el nobel no solo quedó decepcionado, sino también aturdido y desconcertado.

—Señorita Éland, no sé cómo ha llegado usted a mi casa ni por qué. Le ruego se retire sin hacer más preguntas, porque además estoy muy cansado y necesito dormir —contestó con fastidio.

Habían pasado varios meses desde la partida de Éland; había renunciado a su viaje a otro planeta, a Dion, a toda su vida anterior. Sentía la urgencia de salvar a aquella muchacha de la que supo a través de dos pájaros azules, amigos de su antiguo amor. Había recorrido muchas ciudades, había interrogado a muchas personas, y por fin pudo enterarse de su nombre.

—Ella vivía aquí, ¿verdad? Ella estuvo aquí, fue su hermana, y usted nunca la defendió, nunca hizo algo bueno por ella. No me importa qué clase de ser humano es usted, no me iré hasta que me diga dónde está ella ahora.

Khun la miró amargamente, como si Éland acabara de echar ácido a una herida abierta muy antigua.

—Llamaré a la policía y usted tendrá problemas. No tiene

derecho a estar aquí, no tiene ningún derecho —alcanzó a decir con lágrimas de rabia en sus ojos.

—¿Acaso la asesinó?, ¡era su hermana!, su única hermana. Usted es un lobo disfrazado de cordero, con todo ese reconocimiento, no merece la vida —gritó sin piedad.

—¡Yo nunca la conocí!, ¡nunca pude verla!, ¡me prohibieron verla! —por fin declaró entre sollozos—. Ella fue una hija fuera del matrimonio de mis padres, mi madre tenía un trastorno mental y fue violada. Mi padre aceptó darle su apellido, pero la odiaba, la torturaba constantemente y la encerraba.

Éland quedó petrificada ante tal abominación. Recordaba sus visiones de Elfina, arrodillada en el patio, llorando descontroladamente mientras los dos pájaros azules la visitaban.

—Mis padres estaban locos, yo logré huir de casa a los veintinueve años y no supe cómo ayudarla porque tenía mucho miedo de que mi padre me asesinara, como bien me lo había advertido —continuó alterado y con el rostro totalmente descompuesto.

—Necesito saber si aún está viva —dijo tranquilamente la osada forastera—. Y necesito encontrarla. ¡No hay tiempo que perder!

—Lo último que supe fue que mis padres murieron de raras enfermedades. No tengo noticias de Elfina, la he buscado, pero sin éxito.

Éland sacó una libreta y un lápiz de su mochila, y se los dio a Khun.

—Deme la dirección de la casa de sus padres.

Khun se limitó a escribirla, no sin antes tomarse un momento para recordarla, pues hacía muchos años que no pensaba en ella.

Éland se despidió y le dejó su número de contacto por si tenía alguna noticia de Elfina.

—Tengo el presentimiento —dijo ella—, de que usted y yo aún tenemos asuntos pendientes.

Y se marchó con su cabellera castaña ondeando al viento.

CAPÍTULO XX

Los pájaros que habitaban la región de Almar en D-107 eran más grandes de lo habitual. Dion olvidó por completo sus desventuras y se inscribió en un taller de *birdwatching,* al cual asistía los fines de semana durante sus ratos libres. Tardó dos semanas en hallar pájaros azules con quienes pudiera conversar, ya que se sentía muy solo.

Al principio, tuvo sus dudas acerca del idioma, pero notó que sus plumíferos amigos desconfiaban de los extraños; no eran como los pájaros terrícolas, sino que transmitían gallardía y autosuficiencia. Luego de dos meses, por fin se animaron a contestarle.

Eres el primer humano extraterrestre que habla con nosotros. No tenemos razones para creer que eres violento o perjudicial para nuestro hábitat o nuestra especie. Sin embargo, nos gustaría saber qué hacen aquí.

Dion quedó reflexionando, y al cabo de unos minutos se animó a responder. Les explicó lo que estaba pasando con su planeta de origen, el descubrimiento de nuevos mundos, e incluso les habló de sus antiguos amigos azules.

Las hermosas aves oyeron atentamente y luego le

manifestaron que otro día continuarían su charla pues debían partir a alimentarse. Dion los despidió con una gran sonrisa, aliviado de que pudiera comunicarse normalmente con ellos, y caminó a casa pensativo, deseando continuar su interacción, esta vez con alguien de carne y hueso.

CAPÍTULO XXI

Éland soñó con Elfina la noche anterior a su partida con destino a la casa de los Khun, la cual estaba situada en el hemisferio sur, en un balneario recóndito llamado Nai.

Debo ir en barco para ahorrar dinero, pensó.

Decidió que iría a ser un viaje muy agradable, y que, seguramente, conocería personas interesantes. Había oído que el sur era muy exótico y peligroso, así que tomó sus precauciones.

Cargada con una daga en el bolsillo, y la seguridad de que lograría dar con el paradero de Elfina; la que había dejado todo atrás para rescatar del sufrimiento y la miseria a una desconocida, se embarcó en una travesía de treinta días a bordo del *Verne,* haciendo gala de su vocación de servicio y espíritu altruista.

Se instaló en su cabina e inmediatamente después salió a cubierta para curiosear. *Verne* zarpó con vehemencia antes del mediodía. Era invierno, por lo que se hacía dificultoso pasear y observar el mar. Éland no desaprovechó un solo segundo, se embelesó hasta el cansancio con la espectacular vista hacia el horizonte mientras iba dejando atrás la costa. Completamente ensimismada en sus pensamientos y ensoñaciones sobre su actual misión, cerró los ojos para sentir la refrescante brisa marina, y olvidó por un instante que había gente alrededor.

Creo que era de esperarse que me embarcara en esta aventura, algún tiempo atrás, ni siquiera podía disfrutar de una sabrosa comida, hoy tengo todas las facultades humanas y más que eso, tengo un propósito más grande y misterioso que yo, pensó con sosiego.

Un delfín se asomó entre las olas, parecía saludarla con una sonrisa traviesa.

—Es un bellísimo ejemplar, ¿no le parece? —dijo una voz cercana.

Éland volteó a mirar, se trataba de un hombre de unos treinta años cuyo acento extranjero y porte fino despertaron el interés de la aventurera.

Comenzaron a charlar sobre temas triviales, luego ella cayó en la cuenta de que este sujeto, aparte de su atractivo físico, no tenía nada más que ofrecer.

O tal vez solo era que la joven viajera se encontraba en una sintonía muy diferente. De cualquier modo, no solo interactuó con él durante su viaje, conoció a una mujer que también viajaba sola y parecía estar allí de vacaciones.

Éland prefería estar por su cuenta, le gustaba contemplar

del océano, para ella no había nada más atrayente que el horizonte sin fin.

Resulta intrigante cómo para algunas personas es tan difícil entablar amistad. ¿Qué determina el interés por conocer a alguien?, ¿por qué los solitarios son los más valientes e inteligentes?, ¿por qué hay tan pocas personas que les agraden? Éland llegó a reflexionar sobre estas cosas, pensó que solo un hombre la había maravillado: Dion. *Y lo dejé para siempre, para salvar a una extraña. ¡Qué locura tan apasionante!*, pensó.

Las raciones de comida no eran muy abundantes y el ambiente que se vivía a bordo del velero no era el más adecuado. De vez en cuando, se oían naves militares en el cielo raso. Pero nada de eso le importada a Éland, quien disfrutaba del peligro.

Desde que era un personaje de ficción, su esencia permanecía siendo más o menos la misma. Había aprendido muchas estrategias para lidiar con el mundo real, pero nunca recurrió al engaño o a la hipocresía. Le era imposible vivir en falsedad.

Se encontraba ocasionalmente con el apuesto individuo y la joven mujer, y a menudo se reunían para degustar un almuerzo. Éland despreciaba profundamente el licor y solo bebía refrescos o agua.

—Me recuerdas a una escritora que conocí en Nai hace

algún tiempo, ella también odiaba el alcohol —comentó Friegl.

—¿O sea que tú ya conoces Nai? —preguntó Galdret.

—Voy regularmente allá cuando tengo días libres. A veces en avión. Es un lugar que me trae buenos recuerdos.

Éland había quedado conmocionada con las declaraciones de su reciente amigo, y tardó unos minutos en responder.

—Esa escritora, ¿cómo se llamaba? —indagó la que fuera Andreya.

—Rendraya, ¿por qué?

Éland lo acribilló a preguntas sobre su creadora, cada pequeño detalle, cada palabra que hubiera pronunciado. Friegl se desconcertó y no tardó en hacerle saber que ese repentino interés en la escritora era muy extraño.

—Ella y yo éramos amigas y peleamos. Pero la extraño —dijo finalmente, y pensó que aquella declaración no era del todo inexacta.

El mundo es tan vasto y a la vez tan pequeño. De todas las mujeres que Friegl había frecuentado en Nai, a quienes no les gustaba el alcohol, tenía que ser Rendraya quien dejara huella, y tenía que emerger su recuerdo en presencia de quien había anhelado conocerla, pero cuya cercanía era tan improbable como el éxito de la democracia.

Es lo más cercano que he estado de ella, imaginar que probablemente luchaba por recordarme mientras este tipo la abordaba, resulta muy alentador; me llena de esperanza y sé que pronto descubriré cosas increíbles, pensaba Éland con ansias.

Nunca se sabe cuándo necesitaremos de alguien, hoy podríamos estar odiando la noche y mañana podríamos convertirnos en su amante. El ajedrez de la vida tiene movimientos que no se pueden predecir, que no se pueden explicar y mucho menos extrapolar. Este gran misterio que envuelve la existencia es exasperante cuando se sufre y ese dolor es insoportable. Hay quienes huyen lejos para sobrellevar la angustia, otros se encierran en sí mismos, y otros regresan de la locura por temor al ridículo. Éland no encajaba en ninguna de estas categorías, estaba al margen de la condición humana, mucho más cerca de la perfección, y se sentía con el deber de ayudar a los menos afortunados.

El tiempo a bordo del *Verne* se agotaba. Faltaban pocos días para arribar al puerto de Nai, por fin tendría una pista del paradero de Elfina Khun, por fin tendría respuestas, y pisaría el mismo suelo que alguna vez tocó su ahora venerada creadora.

El jueves veintiocho de enero, el barco arribó a la costa de Nai, después de haber cruzado dos continentes. Éland se despidió de sus acompañantes, y prometió estar en contacto para futuros encuentros. No quería que supieran el motivo de su llegada al balneario, investigaría la ubicación de la casa de los Khun por su cuenta.

Reservó una habitación en el hotel más cercano y salió a descansar a la playa. Era Nai, un lugar bastante pintoresco, lleno de turistas y veraneantes. Decidió que era preferible dormir un poco antes de emprender su búsqueda, de modo que regresó al hotel y quedó rendida hasta el día siguiente.

CAPÍTULO XXII

Cuando Dion celebró su cumpleaños número cuarenta y tres, sus compañeros de trabajo le organizaron una fiesta sorpresa en un pequeño salón de eventos cerca de la playa. Los tragos y piqueos iban y venían mientras el agasajado charlaba amenamente con un grupo de doctores que bordeaban los cincuenta. Pensaba en sus adorados pájaros azules y en cómo la vida se encargaba de mostrarle un rostro amable e insospechado. Disfrutaba de la música y la alegría, bailaba solo o acompañado con sus extravagantes movimientos, jugueteaba con su cabello ligeramente largo y recogido en una coleta, donde se asomaban algunas canas plateadas. Era feliz. Le presentaron a una mujer ya madura, como de su edad, cuyos ojos saltones y mirada profunda despertaron su interés.

—¿Cómo me dijo que se llamaba? No la oí bien —gritó Dion en medio del bullicio.

—Soy Elfina Khun —respondió ella con una gruesa voz.

La sobreviviente al maltrato y al abuso paterno no parecía perturbada, sino más bien sosegada.

Dion no tenía idea de con quién estaba hablando, solo le hacía preguntas inocentes y cotidianas con el afán de entablar amistad. Congeniaron tan bien, que salieron juntos al final de la fiesta, y Dion se ofreció a acompañarla a casa.

Caminaron tranquilamente por el muelle, haciendo comentarios sobre la belleza de la noche y del planeta D-107.

—Nunca pensé ver dos lunas en el cielo, no pasa un día en que no me sienta extasiado de estar aquí —confesó Dion.

Elfina solo se quedó en silencio un momento, como si estuviera imaginando un paraíso en algún lugar recóndito del universo.

—Eres muy singular. ¿Extrañas la Tierra? —preguntó él.

—No recuerdo ese planeta, empecé a vivir verdaderamente cuando llegué aquí. Yo no debiera estar viva, al menos no debería haber conservado la cordura. Pero he aprendido que todo es posible.

Se miraron y fue como develar un secreto que había estado oculto largas centurias. Dion tuvo una visión de quien fuera Elfina en su adolescencia, la vio llorar hasta la locura, la vio desmayarse de dolor. Cerró los ojos y sacudió la cabeza, tratando de entender ese momento.

—¿Sucede algo malo? —le dijo ella.

Dion le narró la misma historia que alguna vez le contara a Éland, y no tuvo reparos en mencionar que los pájaros habían sido los emisarios.

—A propósito, ¿a qué te dedicas? Tengo la impresión de que no eres doctora —dijo de pronto, sin dejarla reaccionar frente a su declaración.

—Es curioso que menciones que hablas el idioma de los pájaros azules, y que me narres mi propia historia. —Ella dijo esto sin inmutarse, sin vacilar y sin decaer.

Hay acontecimientos que son inevitables, se desencadenan sin cesar, producto de un caos donde no debía ocurrir gran cosa. Entonces aparece una Rendraya, gestando al personaje más increíble; una Éland fecunda la historia, se encarga de preñar la vida con magia, con asombro. Surgen preguntas que nadie será capaz de contestar y se siembran las bases para una revolución mayor.

CAPÍTULO XXIII

Cuando Éland descubrió que la vieja casa de los Khun había sido demolida para la construcción de un edificio, recibió un mensaje de Friegl invitándola a pasear al atardecer. Regresó a su hotel sin tener noticias de la familia, mucho menos de Elfina, de quien nadie tenía referencia, puesto que siempre había estado encerrada.

Decidió olvidar el asunto por breve tiempo y despejó su mente observando el océano mientras Friegl le narraba anécdotas de diferentes viajes a todas partes del mundo. Ella no sabía qué clase de trabajo tenía este hombre ni se le ocurrió preguntar. Pensaba en lo mucho que extrañaba escuchar a Dion conversar con los pájaros azules, pensaba en Rendraya, en su antigua vida ficticia, en todas las posibilidades que su creadora abrió para ella; sus ojos se llenaron de lágrimas nostálgicas y añoranza.

—Lo siento, ¿dije algo malo? —preguntó el extranjero.

—No, no es nada, solo recordaba cuando era feliz.

Y no quedaba mucho más por decir. Se despidió de su amigo y se refugió en una cafetería muy acogedora, a tratar de encontrar la paz interior y el equilibro. No estaba acostumbrada a fracasar, desde siempre había superado todos los retos que la vida, ficticia y real, le había presentado. No tenía ganas de pensar en su antiguo trabajo, no quería seguir persiguiendo metas imposibles, anhelaba descansar por largo tiempo.

Nunca pensé que querría volver a ser un personaje de ficción con tantas ganas. Creo que tenía que perder esa condición para valorarla. Ahora solo quisiera volver a la novela de mi querida Rendraya y saber qué aventuras me tenía preparadas en su imaginación tan sorprendente.

Pensaba en esta y otras cosas, cuando recibió un mensaje de M. Khun, quien solicitaba la presencia de Éland para que le informara cómo le había ido en su búsqueda.

Sin más, Éland abandonó Nai con la esperanza de hallar respuestas al reunirse con el laureado poeta. Decidió partir en avión para ahorrar tiempo y evitar distraerse.

CAPÍTULO XXIV

El taller de *birdwatching* era muy popular en la región de Almar y Dion invitó a su nueva amiga a ser parte de él. Pero Elfina le explicó que ella era fotógrafa y no podría quedarse viendo a tan excelsos ejemplares sin tomarles una foto. Entonces decidieron que ya habría otros pasatiempos que pudieran compartir.

Se veían a menudo en el Café Brumier, para charlar largamente sobre su día y luego manejaban bicicleta hasta la casa de Elfina, donde se daban el adiós.

Ella solía contarle sus sueños, sus extraños y maravillosos sueños donde la vida cobraba sentido.

—Siempre he tenido sueños que me han asombrado más que cualquier cosa ocurrida en vigilia. Como cuando aparecieron corceles alados —le había dicho un domingo cualquiera mientras caminaban en la orilla del mar.

—Cuéntamelo todo.

Entonces, la gran Elfina le narró un sueño en el que formaba una larga cola para salir de un teatro. Había estado con su madre, pero luego desapareció entre la multitud. Tenía la sensación de que debía huir cuanto antes porque el portón se iba a cerrar para siempre, dejándola atrapada de por vida. Apresuró sus pasos con vehemencia y logró salir a una avenida durante la noche. Había muchas personas esperando el amanecer, cuando halló un taller de esculturas, innumerables esculturas de personas en posiciones aterradoras. Recorrió los pasadizos llenos de cabezas humanas y cuerpos incompletos, hasta que divisó tres caballos blancos. El primero era una hembra y era la madre de los dos, el segundo era un macho muy hermoso, y el tercero era un caballo muy pequeño con evidentes deformidades. Este último desapareció por un momento y luego, cuando Elfina salió a un patio muy amplio a plena luz del sol, un magnífico corcel alado de una blancura y luminosidad increíbles hizo su aparición; era el caballito deforme que se había transformado. Su próxima visión fueron cientos de corceles alados desfilando hacia las puertas del firmamento, desplegando sus majestuosas alas blancas y entonando un himno cuya melodía era demasiado excelsa. La narradora finalizó su relato cerrando los ojos y exhalando un prolongado suspiro.

—Es el sueño más bello. Y tú eres muy afortunada al haberlo tenido. Muchas gracias por compartirlo conmigo —le dijo Dion, con un brillo en sus ojos.

Había tenido muchos sueños asombrosos y nunca se los contó a nadie, excepto ahora.

—Siento que algo inesperado sucederá en cualquier

momento, que todo cambiará radicalmente muy pronto. Solo espero estar preparada —le confesó, mientras su voz adoptaba un matiz grave muy agradable. Su saco celeste le daba un aire de delicadeza y solemnidad.

Dion intuyó que sus palabras eran acertadas y sentía una predisposición a experimentar los cambios venideros. Solo tenía una certeza: anhelaba pasar el resto de sus días junto a Elfina.

CAPÍTULO XXV

Éland decidió descansar un par de días antes de acudir a la reunión con el nobel. Su viaje había acaecido sin novedad, con las mismas restricciones de siempre y con el mismo tipo de gente. La Tierra estaba pasando por un período muy oscuro, gran parte de las naves del proyecto *Vita Nuova* ya habían partido hacia nuevos mundos, el caos se apoderaba de la sociedad, y cada vez era más difícil encontrar comida y agua. Pero eso no le importaba a nuestra intrépida guerrera, quien podía pasar mucho tiempo sin comer ni beber nada, sin perjudicar su salud. Sin duda, una característica heredada de su antigua condición.

Cuando se sintió más tranquila y descansada, tomó el tren rumbo a Froiten, ciudad donde vivía M. Khun, y pasó todo el viaje pensando en Rendraya.

Era primavera. Cuando llegó a su destino, sintió algo de frío; como no llevó chaqueta, compró un café en un kiosco de la estación. Caminaba con pasos muy firmes; aunque por dentro se sentía dubitativa. La residencia del poeta quedaba a unas cuadras del centro, de modo que la viajera tomó el metro y se armó de paciencia, mientras los indigentes cantaban canciones tristes y pedían unas monedas.

Poco después, bajó del metro y caminó hacia el oeste en dirección al pasaje Lughorn. Las calles estaban sucias, ya nadie se preocupaba por nada. De pronto, sintió la urgencia de correr y así lo hizo. No aminoró el paso hasta llegar a la casa del escritor; paró en seco, su respiración agitada llamaba la atención de los transeúntes, a quienes sonreía al pasar.

¿Por qué me encuentro tan feliz? Es como si asistiera a mi fiesta de cumpleaños, pensó con turbación.

Se dispuso a tocar el timbre. La casona era muy antigua, como su dueño, pero hermosa. Después de unos segundos las puertas de abrieron y una mujer de estatura media, con cabello corto y ojos grises recibió a Éland.

—Hola. Busco a Khun, me dijo que quería hablar conmigo —pronunció Éland mecánicamente.

Se miraron largamente y era como si despertaran de un gran sueño infinito.

Luego, la desconocida habló.

—Hola, por favor pasa. Te estábamos esperando —respondió con voz temblorosa.

Entonces, Éland intuyó que pronto su vida cambiaría otra vez.

CAPÍTULO XXVI

Si tuviera la oportunidad de elegir, Elfina optaría por quedarse dormida para siempre y soñar una y otra vez cosas maravillosas. Su vida había sido muy triste, su sufrimiento no podía ser comparado con unas horas de humillaciones y latigazos, o una crucifixión que no demoraba más de dos días. Toda su infancia, adolescencia y juventud fue torturada y encerrada, fue una suerte que pudiera liberarse de su familia y empezar de nuevo. Logró escapar de casa a los veinticinco años, deambuló por muchas ciudades sobreviviendo gracias a trabajos eventuales, se ofreció de voluntaria en una Organización sin Ánimo de Lucro, cruzó el océano hacia el norte, aprendió Fotografía Profesional, colaboró con la sección cultural de una revista y pudo conseguir su boleto a D-107 gracias a un amigo que trabajaba para el Gobierno. No sabía cómo había logrado reponerse del infierno que fue su vida ni cómo su alma y personalidad permanecieron intactas después de tanta tortura. No se explicaba cómo podía tener sueños tan inverosímiles. Sin embargo, aprendió demasiado bien una ley de vida: no podía confiar en nadie, excepto en ella misma.

Cuando Dion le declaró su amor, ella no se inmutó.

—Piensas que me amas, pero no es cierto; nadie ama

verdaderamente, solo idealizan a las personas y prefieren engañarse para no morir solos. Tienes miedo de quedarte solo. Pensé que eras sensato y que podríamos ser amigos. Ahora me tendré que alejar de ti y espero que no seas el típico egoísta que simula persistencia como si eso fuera suficiente. Adiós —dijo estas palabras sin una pizca de enojo, se limitó a levantarse de su asiento y caminó muy tranquila hacia la salida del café. Se perdió en medio de la muchedumbre sin que Dion pudiera hacer nada.

Una vez más, le habían abandonado. Dion sintió un aire gélido en el centro de su corazón y quedó inmóvil por unos minutos hasta que se acercó el mozo a preguntarle si solicitaba la cuenta. Pagó con su tarjeta, se levantó como pudo, y simuló seguir adelante como todos los demás.

Elfina había explicado en pocos segundos la razón por la cual las personas se emparejaban. Amaba la vida tanto como a la muerte, y añoraba descansar.

Si pudiera desaparecer por arte de magia, seguramente elegiría reaparecer como un personaje de una novela de ciencia ficción. Pero estoy aquí, con la pesada carga de la existencia humana, luchando por olvidar, por ser feliz, aunque sea, tener algo de paz. Yo necesito aislarme en cuerpo, alma y mente; evitar todo contacto humano que solo me ha traído dolor e insatisfacción. Yo buscaré mi propia manera de existir, aunque muera en el intento, moriré complacida por haber sido sincera con mis deseos y pensamientos. Yo tocaré la eternidad, y los límites que separan la realidad de mi imaginación serán destruidos. Yo crearé una dimensión nueva hecha a mi medida, donde nadie pueda tener acceso, excepto yo. Yo renaceré como un ser que gobierna todo cuanto existe, y nadie podrá impedirlo.

Tales eran sus pensamientos más fervientes. Tal era su deseo más elevado. Todo esto ocurría mientras se escuchaba a lo lejos el sonido de una trompeta entonando una canción muy triste y esperanzadora. Era el augurio de la luz rompiendo todas sus cadenas.

CAPÍTULO XXVII

Una escritora jamás esperaría encontrarse cara a cara con el personaje que creó para poblar una de sus tantas historias. Se es suficientemente osada como para dotar de ciertas características a la elegida para protagonizar una novela o cuento, y eso es todo. Por eso, nada hubiera podido preparar a Rendraya para un encuentro cercano con Andreya.

Esos meses en que M. Khun no pudo contactarse con la escritora, fue porque esta se encontraba investigando la manera de volver a ser humana. En ese afán, modificó una y otra vez el contenido del poemario terminado, sin que pudiera evitar asustar a su autor, quien llegó a pensar que se estaba apropiando de su libro. Pero entonces, Rendraya logró reunir todo su deseo y fuerza de voluntad, y su existencia se materializó.

Resulta improbable pensar en una explicación racional para estos sucesos.

Cuando la escritora se topó con la presencia de Andreya, hubo una reconexión inmediata y los recuerdos perdidos aparecieron en su mente. Se reconocieron.

¿Cuáles serían las consecuencias inmediatas de este encuentro imposible? Ninguna respuesta encaja en lo que está por acontecer.

—Soy Rendraya. Te he buscado desde hace muchos años. Quiero saber por qué huiste de mí. —Evidentemente, la escritora no se andaba con rodeos.

Éland/Andreya sintió un vértigo abruptamente. Se desplomó en el sofá contiguo, cerró los ojos mientras exhalaba un largo suspiro y clavó los ojos en su creadora.

¿Qué le digo? No quiero mentirle. Seré directa y escueta, es la única forma. Espero sepa comprender, pensó.

—Quería ser libre en todos los aspectos posibles. No soportaba la idea de estar sujeta a la imaginación de alguien. Por eso escapé a este plano material. —Pronunció estas palabras con el fuego característico de su ímpetu y Rendraya reconoció esa actitud en la versión que le hubiera gustado ser.

—Pero yo jamás sería una tirana, mucho menos cruel. Ni siquiera quería ser escritora, como ya se lo mencioné a nuestro amigo. Te creé porque era la única forma de escapar de mí misma y de mi vida monótona —respondió sin trastabillar y sin exaltarse.

—Leí en alguna parte que los escritores verdaderos nunca quieren serlo, sino que se ejercitan en lo que encuentran más complejo, como la escritura de libros. Pasan tanto tiempo perfeccionándose en esta actividad, que para cuando se dan cuenta de que no tiene ningún fin útil, ya es tarde, puesto que no saben hacer otra cosa —comentó Khun, con una mueca que pretendía ser una sonrisa.

Tal afirmación seguramente sería muy acertada a los ojos de los sabios, pero hay cosas que no necesitan fundamento, la razón no vuela muy alto.

—Pues, poco importan tus razones, porque quiero que sepas que me arrepentí. La vida humana es demasiado dura y agotadora. Extraño a Radyel, a las páginas en blanco. Extraño ser ficticia —dijo Éland con nostalgia.

Una gran confusión se apoderó de la escritora. No esperaba este tipo de respuesta.

—Eso lo cambia todo, mi amada Andreya —declaró con lágrimas en los ojos.

—Quiero volver a tu mente, quiero ser la protagonista de tu libro, vibrar con cada acontecimiento inverosímil, disfrutar y regodearme con tu magnífica imaginación —afirmó con vehemencia, mientras se lanzaba a los brazos de la autora de su existencia y lloraba de alegría.

CAPÍTULO XXVIII

Nadie fue capaz de despertar a Elfina Khun el día en que cayó en un profundo sueño misterioso. Su deseo de habitar la eternidad cobró tal intensidad, que su mente entró en un estado impenetrable y desconocido sin que nadie pudiera hacer algo al respecto. No fue sino una semana después de haberse dormido que alguien se dio cuenta de su ausencia. Fue Dion, quien había ido a visitarla, ya que no respondía sus llamadas ni mensajes. Llamó a su puerta varias veces y, al no obtener respuesta, decidió indagar a través de sus vecinos el paradero de su amiga. Resulta que nadie la había visto por más de siete días. Entonces decidió presentar una denuncia policial por desaparición y poco después los guardias derribaron la puerta del departamento. La hallaron viva, pero con los ojos cerrados. Intentaron despertarla alzando la voz, incluso la sacudieron levemente, pero nada. Su caso pasó a ser un objeto de estudio clínico. La trasladaron a un hospital del Estado donde pudieran investigar qué le estaba pasando. Sin embargo, Dion comprendió que su bienestar corría peligro y decidió sacarla de allí en medio de la noche más oscura. Logró llevarla a una cabaña en el bosque, cuidó de ella lo mejor que pudo y con el transcurrir de los meses, fue acostumbrándose a la idea de que Elfina nunca iba a despertar.

Se consolaba hablando con sus amigos, los pájaros azules. Al llegar la primavera, decidió comprar un bote y navegar sin rumbo fijo hasta que le dieran las fuerzas. Llevaba a su amiga a todas partes, y a menudo se sorprendía a sí mismo hablándole como si estuviera despierta.

Vislumbró los más bellos paisajes que le ofrecía la naturaleza, fue testigo del amanecer más conmovedor cuando llegó a una isla deshabitada, donde decidió descansar por un tiempo. Poco a poco fue olvidando su viejo yo; ya no necesitaba usar una máscara social y se develaba un ser completamente puro. En ocasiones, extrañaba que alguien le hablara o le demostrara afecto, pero rápidamente olvidaba ese hecho y todo su tiempo era consumido por una contemplación exacerbada del océano.

Aprendió a sobrevivir de la recolección de frutos y de la pesca, aprendió a conformarse con las alegrías sencillas de un atardecer solitario en compañía de una bella durmiente, aprendió a descansar de la sociedad absurda, y se olvidó de regresar.

Por alguna razón, Elfina seguía intacta, a pesar de no ingerir alimentos ni bebidas. Pasaron años y lo único que se deterioraba era su ropa. Sus mejillas estaban más rosadas que nunca, su semblante transmitía calma. Nunca nadie sabrá si efectivamente logró entrar en la eternidad y qué cosas vio más allá de esta realidad. Dion envejecía cada vez más, pero una parte de él nunca perdía la esperanza de volver a hablar con su adorada amiga.

Muchos años después, en una soleada mañana de verano, un barco desconocido arribó a la isla. Lo sorprendieron pescando una especie muy parecida al rodaballo terrestre. Dion, que ya tenía cincuenta y tres años, no dudó en ir a buscar a Elfina y huir de allí lo antes posible, ya que seguramente los intrusos no comprenderían su situación y, además, era muy probable que fueran peligrosos.

Cargó a Elfina en brazos hasta su viejo bote, y zarpó lo más rápido que pudo, mientras los desconocidos le hacían señas con los brazos, como si quisieran comunicarle algo. Sin hacerles caso, se alejó hacia el horizonte infinito, esperando encontrar un futuro más prometedor.

CAPÍTULO XXIX

La vida en el planeta Tierra llegó a ser imposible debido a la escasez de comida y agua, que cada vez aumentaba sin piedad. Un hombre como M. Khun, nobel de Literatura, reconocido y estimado por la comunidad de intelectuales a nivel mundial, fue seleccionado por el gobierno para abordar la última nave con destino a otro planeta, donde la vida humana era sostenible. Pero él no iría a ningún lado sin sus nuevas amigas, quienes además constituían una fuente inagotable de historias para narrar en nuevos libros. Anteriormente, Éland había sido seleccionada para ser trasladada al planeta K-86 como supervisora del área de salud, pero como desertó de su profesión y no se presentó el día del abordaje, fue descartada. Rendraya, por su parte, era una ciudadana común sin reconocimientos oficiales, por lo que fue ignorada.

Khun había sido asignado al planeta D-107, y solicitó dos boletos extra, los cuales le fueron negados. Comunicó a sus amigas que desistiría del viaje, ya que era su deseo estar cerca de ellas.

—De ninguna manera, aquí ya no hay esperanza, Muyan; debes partir y luchar por tu vida en otra galaxia —le había manifestado Rendraya con sincera convicción.

El poeta era asaz obstinado, por lo que Éland pensó en un plan muy ingenioso para lidiar con la situación, sin que saliera perjudicado.

Al final, las dos mujeres fingieron haber recibido un email del gobierno donde se les concedía pases especiales a bordo del *Tesla* con destino a D-107.

—Eso es maravilloso, nos reuniremos allá porque mi nave parte un día antes –respondió Khun cuando Éland le dio la falsa noticia.

Entonces, organizaron una pequeña celebración en casa del nobel, a modo de fiesta de despedida, y Khun invitó a algunos de sus colegas sin previo aviso. Cuando Ian Katchben, antiguo premio Pulitzer y Makenna Gibbs, famosa pintora, arribaron a la reunión, Rendraya y Éland se vieron sumergidas en una red de mentiras muy enrevesadas de las cuales no pudieron salir victoriosas.

Khun descubrió el engaño debido a un comentario de Makenna sobre los viajes con destino a D-107.

—Eres de los pocos afortunados que irán a ese planeta, la mayoría de artistas con cierta notoriedad fueron seleccionados para ir allá —había comentado sin reparos.

Cuando Khun mencionó que sus amigas también habían

sido seleccionadas para ese destino, la pintora no se calló.

—Eso es imposible, no hay fechas de viaje designadas para después del ocho de julio. Tu grupo a bordo del *Curie* es el último —comentó tranquilamente, mientras miraba con curiosidad a las falsas viajeras.

Éland y Rendraya tuvieron que decir la verdad, por lo que Khun se enfadó y dio por terminada la reunión.

Antes de irse, Katchben, que tenía un semblante muy noble, le dio una tarjeta a Éland en secreto, y le susurró que se comunicara a ese número lo antes posible, luego se despidió con una sonrisa de complicidad.

Cuando estuvieron a solas, Éland habló con Rendraya sobre lo sucedido y decidieron llamar desde una cabina pública. Resulta que Katchben tenía un contacto en las altas esferas del gobierno y tenía la facultad de elegir a dos acompañantes. Como era soltero y sin familiares vivos, decidió elegirlas. Viajarían en el *Voyager* el siete de julio. Pensaron que Muyan no les creería esta vez, por lo que Katchben tuvo que interceder en una visita inesperada. Una vez zanjado el asunto, la conversación fluyó hacia ámbitos literarios.

—Muyan me ha comentado sobre usted. Muy someramente, por falta de tiempo, pero mencionó que ha escrito novelas y poemarios —dijo el anciano, dirigiéndose a Rendraya.

La escritora que no quería serlo, no tuvo más remedio que asentir y añadir algo para no parecer tímida.

—Es un tema que considero redundante. Se escribe, pero hablar sobre el acto de escribir es como describir el proceso digestivo mientras se está ingiriendo un bocado —respondió serenamente.

Katchben era un experimentado escritor bilingüe cuya trayectoria le impedía verse a sí mismo con objetividad. Estaba hundido en una montaña de notoriedad y hacía varios años que no publicaba algo que deslumbrara a sus lectores. Acostumbrado a las charlas literarias de burgueses, donde había mucho ruido y pocas nueces, quedó asombrado con el enfoque literario de Rendraya.

Khun, por su parte, sonrió complacido.

—Rendraya será la más grande escritora de todos los tiempos y yo puedo dar fe de ello —interrumpió Éland con desparpajo, ante la mirada extrañada de Katchben, cuya curiosidad por saber más sobre la escritora aumentaba dramáticamente.

Ante esta declaración, Khun hizo una seña a Éland para que callara lo más importante: su origen.

—Espero que en D-107 nuestra querida Rendraya tenga la oportunidad de ser reconocida por sus obras mientras esté viva

—añadió Khun, tratando de suavizar la conversación—. Todo ha pasado muy rápido y no he podido interceder por ella ante las editoriales de prestigio para que publiquen sus valiosos libros. De seguro podré hacerlo cuando estemos instalados en ese nuevo mundo.

Aunque Katchben insistió en que le fascinaría leer algún manuscrito de Rendraya, la escritora se mantuvo firme en su convicción de no querer mostrar a nadie sus escritos, hasta haber concluido su mayor obra.

—¿Y de qué trata esa gran obra que pretende obsequiarnos?, ¿al menos puede darnos el título? —quiso saber Katchben.

Rendraya se limitó a esbozar una leve sonrisa.

CAPÍTULO XXX

—Nunca pretendí incomodarte, solo olvidé que tú eres diferente, que somos diferentes, y me dejé llevar por las convenciones sociales. Desearía poder retroceder el tiempo y tener la oportunidad de ver a través de tus hermosos ojos mientras me hablas de tus sueños. Tú solías despertar mi entusiasmo por la vida —dijo Dion; pronunciaba estas palabras a modo de monólogo, pero dirigidas a Elfina, quien yacía a su lado durmiendo plácidamente, al mismo tiempo que una enorme ballena paseaba alrededor del bote emitiendo cantos reconfortantes—. ¿Sabes?, quisiera confesarte algo. Yo quisiera morir, no porque tenga miedo de seguir sufriendo o porque sea un cobarde. Quiero morir porque me apasiona saber qué hay del otro lado. Tal vez no hay nada, tal vez solo tenemos esta vida para hacer de ella lo mejor que se pueda. Pero estoy harto de conformarme, quiero la felicidad plena o no quiero nada.

Una lágrima cruzó por las mejillas del hombre que añoraba la muerte, pero más que nada, del hombre que fue capaz de amar a Elfina como nadie lo había hecho.

Anocheció de pronto, las estrellas parecían más cercanas que nunca, como si quisieran tocar la Tierra por un instante para saber cómo se siente. Dion permaneció recostado con la mirada puesta en el firmamento infinito, añorando, descansando, muriendo lentamente.

A veces la vida se desnuda y nos muestra un rostro que no imaginamos, un rostro sin ángulos, carente de sentido, cruel, pero fascinante.

Dion había vivido más de medio siglo, pero se sentía como un adolescente confundido y ensimismado. Nadie se dignó a darle respuestas, nadie pudo ser capaz de amarlo como él necesitaba. Se dio cuenta de ese hecho gracias a la soledad y al silencio a los que estaba sometido en medio de un océano salvaje que, sin embargo, sabía maravillarlo. No entendía la vida y ya no le interesaba. Aguardaba resignado el golpe final.

CAPÍTULO XXXI

El día llegará, / y en los mares inmensos / no veré más mis campos / fértiles, / no veré mis árboles / verdes, / mi viento cercano, / mi cielo claro, / mi lago oscuro, / mi sol, / mis nubes, / ni veré nada, / nada...[1]

—¿Qué estás leyendo? —interrumpió Khun.

Éland levantó la vista y quiso responder algo, pero calló.

Muyan entendió que hay momentos en que nada supera al silencio.

El crepitar del fuego encendido en la chimenea tiñó la atmósfera de poesía, de esa poesía que no se escribe ni se lee, solo se vive.

Afuera, empezaban los saqueos violentos y enfrentamientos mortales. Era tiempo de partir.

---

[1] Fragmento del poema "El Río" de Javier Heraud.

CAPÍTULO XXXII

Pasó algún tiempo antes de que Dion conociera la muerte. A sus sesenta y tres años, un ataque cardíaco era muy común. Se encontraba en una isla sin nombre cuando ocurrió. Su mayor preocupación fue abandonar a Elfina, pero confió en que su amiga se mantendría a salvo en aquella isla recóndita y deshabitada. Se encontraba pescando, y sintió una punzada brutal en el pecho, seguidamente cayó derribado a las profundidades del océano, el lugar que amó con locura. No más Dion para hablar con los pájaros, no más de este hombre generoso, puro y noble. Los pájaros azules sintieron su pérdida y entonaron un canto genuino de despedida, sonaba como el llanto de la noche ante la muerte de la luna. Elfina permanecía dormida, sumergida en el reino misterioso de la eternidad. Pero el concierto de los pájaros azules cobró tal dimensión, que, al cabo de una hora, Elfina despertó. Fue un despertar acompasado; abrió los párpados lentamente, párpados que habían estado cerrados por más de veinte años. No había envejecido ni un minuto, su aspecto era tan jovial y relampagueante como antes. Sintió un hambre y sed descomunales, y bebió de la cantimplora hasta agotarla. Afortunadamente, había algunas frutas que Dion había recolectado días atrás. Engulló los alimentos vorazmente, luego decidió navegar en el bote hacia la ciudad, y retomar su vida anterior, o tal vez abrirse a nuevas posibilidades. Quería, anhelaba con todo el fuego de su alma contar todo lo que había visto mientras dormía. Tal vez pintar cuadros o escribir historias, o ambos. No necesitó pensar mucho, tomó su decisión y enrumbó hacia Almar.

CAPÍTULO XXXIII

Cuando los tres amigos, que se habían vuelto inseparables, pisaron tierra alienígena por primera vez, sintieron escalofríos de tanta emoción que golpeaba sus corazones. Éland y Rendraya arribaron a D-107 un día antes que Khun, por lo que no dudaron en ir a recibirlo a la estación espacial. Los viajes intergalácticos empezaban a ser habituales, el turismo espacial también lo sería.

—¿Cómo estuvo el viaje querido Muyan? —el anciano de sesenta y nueve años había envejecido dramáticamente, y sus amigas lo miraban con cierta preocupación. Lo ayudaron a caminar, debía usar un bastón e ir lentamente para no cansarse.

Tomaron el bus hacia su región, Blennes, y lo instalaron en su nueva casa con mucho esmero.

—Debes descansar, ya te visitaremos cuando estés más dispuesto —dijo Éland.

La escritora y su creación salieron del recinto con dirección a una librería para distraerse.

Ya entre libros, se sentaron cerca de una mesita para conversar de sus nuevos planes.

—Retornaré a las páginas en blanco cuando hayas decidido cómo continuar mi historia —había dicho Éland con determinación.

Rendraya suspiró con ansiedad.

—Andreya, eso no se puede planificar, yo soy muy espontánea, eso ya lo deberías saber. Además, Khun tenía pendiente el poemario donde contaría mi historia, tal vez ya lo terminó en estos diecisiete años de viaje.

Decidieron cambiar de tema y hojear las páginas de algunos libros que parecían ligeramente interesantes.

Rendraya compró una novela de thriller psicológico, para alimentarse de algo nuevo.

Volvieron a casa caminando, a la espera de noticias de Khun, pues muchas cosas quedaron pendientes.

Es un anciano ya, espero aún nos dé el privilegio de su compañía por algunos años más, pensaba Rendraya, mientras removía su café y trataba de predecir lo venidero.

CAPÍTULO XXXIV

Almar se había tornado muy sofisticada desde la última vez que Elfina estuvo allí con Dion. Su departamento estaba clausurado, por lo que decidió mudarse a otra región para no levantar sospechas y ser recluida de nuevo por los científicos.

Se dirigió a la estación de trenes y tomó el primero que le vino a la mente: rumbo a Blennes.

Llevaba poco efectivo y tenía que resolver su situación económica.

Eso no le preocupó en demasía, solo continuó siguiendo las señales que se le presentaban.

Entró a un café con acceso a computadoras e internet, y buscó en una de ellas anuncios que pudieran ofrecer empleo a fotógrafas.

No tardó en hallar varios, estaba decidida a resolver ese asunto para poder estar tranquila.

He descansado lo suficiente y creo que ahora puedo empezar de nuevo, tal vez inaugure una Galería de fotos artísticas cuando tenga el presupuesto adecuado. Y también podría pintar mis sueños y visiones, pensaba con entusiasmo.

Después de algún tiempo, logró establecerse y empezó a tomar clases de Dibujo y Pintura en una Academia de Arte.

Conoció a Klür, un deslumbrante joven de treinta y un años que mostró interés en ella, a pesar de la diferencia de edades.

—Ese unicornio es muy misterioso, parece que quisiera decirnos algo –le dijo una noche mientras Elfina elaboraba los trazos de un lienzo fantástico.

No supo qué responder. Ante su silencio, el joven quedó aún más intrigado por el aura que Elfina irradiaba. ¿Irían a ser amigos?

La fotógrafa continuó su dibujo, no sin antes esbozar una sonrisa tenue que hizo que Klür se sonrojara.

La clase siguiente, el muchacho, quien solo estaba matriculado en el taller para conocer mujeres, le llevó un obsequio.

—Lo hallé por casualidad mientras caminaba a casa el otro día, ¿no es hermoso? —le dijo sonriente.

—¿Hallaste por casualidad un broche de unicornio? Esto debe estar carísimo. No puedo aceptarlo —respondió ella, disgustada.

—Lo siento, no quería incomodarte —respondió apenado,

y siguieron con sus trazos de novatos.

Al transcurrir los días, Klür abandonó sus aires de casanova y empezó a interactuar con Elfina de manera más natural. El joven acababa de pintar una montaña rusa con un detalle que llamaba la atención, en la esquina inferior derecha había una pelota hecha enteramente de flores de diversos colores. Margaritas, buganvilias, geranios componían aquella esfera única, las cuales llamaron la atención de su amiga.

—¿De dónde sacaste esa idea? Esa esfera..., es..., no puede ser... —tartamudeó desconcertada.

Klür la miró sorprendido. Iba a abrir la boca para hablar, pero la maestra interrumpió anunciando algo muy importante: una exposición con los mejores trabajos de la clase iría a realizarse en pocos meses.

Elfina quedó doblemente trastocada, quería saber sobre la pelota de flores, pero también le entusiasmaba la exposición de Arte.

Al finalizar la clase, salieron juntos y Klür la invitó a pasear en los juegos mecánicos de la feria local.

—Siempre y cuando me hables de tu pelota floral —condicionó Elfina.

El apuesto joven asintió; camino a la feria, le fue contando sobre su lienzo: la presencia de una pelota de flores en las obras de arte que pudieran realizar, era parte de una tradición familiar.

—Pero, ¿por qué? —quiso saber la fotógrafa.

—Me gustaría contarte toda la historia, pero es mi turno, quiero saber por qué te sorprende tanto esta pelota, pareciera que la has visto antes en algún lugar —respondió Klür, con un tono inesperadamente serio.

Elfina se tomó unos segundos para pensar bien cómo responder. Y cuando halló las palabras adecuadas, prosiguió:

—Siempre he tenido sueños extraños, algunos de ellos puedes ver en mis dibujos...

—Que son fantásticos —interrumpió—. Pero sigue, por favor...

—Solo te diré que he visto una pelota similar en mis sueños...

Klür cambió el semblante, de pronto su rostro se tensó y su actitud se tornó muy seria, como si estuvieran develando un secreto muy oscuro. Guardó un silencio solemne.

Evidentemente, había algo místico en lo que estaba pasando, y como Elfina adivinaba que tenía que ver con la familia de su nuevo amigo, no insistió.

CAPÍTULO XXXV

Rendraya había comenzado a laborar como diseñadora web en una revista de modas. Su nuevo trabajo no era lo que ella soñaba, pero le ayudaba con los gastos. Por su parte, Éland inició un pequeño negocio de consultoría farmacéutica. Parecía que la promesa de retornar al papel en blanco había quedado suspendida en el aire, sin que nadie pudiera tener la iniciativa de hacer algo al respecto. Las dos amigas se llevaban espléndidamente, y visitaban a Khun regularmente, quien una noche, cuando terminaron de cenar en un lujoso restaurante, les anunció lo impostergable.

—He culminado, por fin, mi poemario, donde narro la travesía de Rendraya. Quería compartir esta noticia, porque creo que es tiempo de que la literatura sea tocada por alguien realmente diferente —pronunció el anciano mientras se aclaraba la garganta.

Rendraya cambió su semblante, no esperaba semejantes declaraciones y no supo qué contestar. Éland, por su parte, irrumpió en aplausos y felicitó enfáticamente a Khun, quien sonreía con cansancio.

La velada continuó sin más novedades, y pronto se despidieron para retornar a sus casas.

Poco después, Rendraya recibió la llamada de Khun.

—¿Aló? —dijo el anciano escritor.

—¿Sí? —respondió Éland.

—Soy Muyan, quisiera hablar con Rendraya.

—Ahora le digo, un minuto.

Rendraya no hubiera querido contestar, pero Éland insistió tanto que no pudo evitarlo.

Se saludaron afablemente y luego, el tema inevitable salió a la luz.

—Me pareció que te incomodó el hecho de que mencionara mi poemario. ¿Está todo bien?

—Fue inesperado, es todo. Tal vez me quedé callada porque aún no he escrito mi nueva obra.

—Eso no importa, tienes varios libros inéditos terminados, con eso bastará.

—Está bien, solo me da miedo lo que está escrito en tu libro, tengo miedo de que mi historia se haya tergiversado –confesó la escritora, y dio un largo suspiro.

—Rendraya, soy bueno en lo que hago y lo he hecho hace más de cincuenta años. Confía en mí.

No se habló más del asunto y se dieron el adiós.

93

Elfina sentía que había algo que la unía a Klür de manera inexplicable. No indagó más sobre la pelota de flores, pero prestó mucha atención a los lienzos de su amigo.

No tenía un don especial para el dibujo, ninguno de los dos era especialmente talentoso, sin embargo, se refugiaban en el arte para olvidar su pasado, presente o futuro. En el caso de Elfina, el recuerdo de su infancia, de su padre, luego de Dion y su muerte; eran demasiado para asimilar.

Klür, por su parte, tenía mucho en qué pensar, por ejemplo, en la presión de su madre para dedicarse al negocio familiar, un imperio tecnológico en auge que dominaba el mercado de Inteligencia Artificial.

Elfina no sabía esto, ni siquiera sabía que el joven, otrora conquistador, era heredero de una fortuna, y realmente no habría hecho ninguna diferencia.

Uno de aquellos sábados, Klür le invitó a tomar el té en la mansión de sus padres.

—Te agradezco, seguramente será muy agradable visitarte —dijo casi sin poner atención.

—Espero te agrade mi familia, aunque soy hijo único —prosiguió Klür.

La maestra daba vueltas alrededor de ambos, como vigilando que hicieran bien su tarea, se acercó al lienzo de Elfina, y le dijo:

—¿Por qué pintas cosas tan raras? Parecen salidas de un sueño.

Klür la miró con disgusto.

—Están basados en mis sueños, de hecho –respondió Elfina, desanimada.

—Trata de usar más tu propia imaginación, como Klür, mira ese hermoso paisaje —dijo la maestra Greule, colocando su brazo derecho sobre el hombro del joven.

—Yo creo que Elfina pinta cosas geniales, nunca se ha visto delfines que alzan vuelo, y no necesitan tener alas —respondió en voz alta, haciéndose a un lado para evitar el roce.

Greule soltó una risa burlona y desapareció.

—No creo que me escoja para la exposición —dijo Elfina, apenada.

—Si no te escoge, haremos nuestra propia exposición, yo me encargaré de los preparativos, será mucho mejor que la de esta academia.

La fotógrafa sonrió complacida, pensando que nunca antes había conocido a una persona tan asombrosa como Klür.

96

CAPÍTULO XXXVII

Khun agendó una reunión entre su editor y Rendraya para conversar sobre una posible publicación de su obra que había permanecido inédita durante treinta años. El anciano también le comunicó que quería enlazar la presentación de su poemario con el primer libro de la escritora. Ella estaba algo incómoda, sabía que debía alegrarse, pero su único deseo era escribir la obra más grandiosa con Éland como protagonista. La fama no le interesaba, solo realizar su proeza, planeada desde la infancia.

Pero debía asistir a esa reunión, no hacerlo habría significado un terrible desaire para su amigo.

Quedaron para un jueves a las dos y treinta de la tarde en Restored Books Publishing. Rendraya era muy puntual, de manera que tuvo que esperar media hora hasta que llegaran todos los involucrados.

Cuando estuvieron reunidos en las instalaciones de la editorial, que era un recinto sobrio e imponente, Khun presentó a su editor, Marcus, a Rendraya.

—Me gustaría agregar que mi recomendada está escribiendo un nuevo libro que promete ser un gran descubrimiento de la Literatura Universal.

Marcus miraba a Rendraya sin demasiado entusiasmo, tomaba sorbos de su taza de café y se acomodaba las gafas mientras jugueteaba con su lapicero y daba un vistazo al manuscrito de la escritora.

—¿Y a qué se dedica usted en la actualidad? —quiso saber el profesional de la publicación.

—Soy diseñadora web —respondió ella.

Marcus hizo un gesto de desaprobación.

—Sabes que el genio y el talento pueden venir de cualquier lugar, a veces los mejores son los más humildes —dijo Khun con alegría.

—Correcto, daré una lectura rápida a este libro, a pesar de mi escepticismo, debo confesar que el título me intriga en exceso —agregó Marcus poniéndose de pie.

Y continuó, dirigiéndose a Muyan:

—Le estaré llamando en estos días para ver lo de la edición de su nuevo poemario.

—Sí, claro, pero no olvide que debe salir a la luz junto con el libro de mi amiga, están entrelazados —respondió Muyan.

—No creo que eso sea posible, lo siento. Bueno, deben irse,

tengo otra reunión en diez minutos.

Los dos escritores salieron de la pulcra oficina rumbo al ascensor. No dijeron una palabra hasta salir del edificio blanco con ventanas azules.

—Bueno, eso no estuvo tan mal, ¿verdad? —dijo Khun.

Y tomaron un taxi rumbo a la tienda de Éland, que quedaba en el centro de la ciudad.

Éland estaba muy ocupada atendiendo a sus clientes. Distribuía fármacos. Cuando sus amigos llegaron, les hizo una seña para que esperaran unos minutos.

Cuando tuvo un tiempo libre, salió a saludarlos al parque de enfrente donde había unas banquitas rojas, ahí yacían sentados los dos poetas.

—¡Siento la demora! Hoy es un día ajetreado.

Conversaron un momento sobre lo ocurrido, Éland fue optimista al respecto y los felicitó por sus nuevas publicaciones, próximas a salir a la luz.

Esa noche, Rendraya soñó que caminaba por un muelle sin fin rodeado por la bravura de las olas del mar. Alguien se aproximaba a los lejos, pero no pudo verle el rostro, sin embargo, pudo intuir que se trataba de un ser parecido a un huracán.

CAPÍTULO XXXVIII

Cuando Elfina llegó a la mansión de Klür, se dio cuenta de que su amigo podía llegar a ser intimidante. Las altas rejas negras que flanqueaban un jardín enorme rodeado de frondosos árboles le anunciaban una velada nada ordinaria. Había ido tomando el bus y luego caminó algunas cuadras hacia el barrio residencial de la ciudad; ni siquiera prestó atención a su vestimenta, y cuando hubo de apreciar el lugar, pensó que tal vez hubiera llevado un regalo elegante, algo así como un vino añejo. Pero ya era tarde, una voz le respondía por el intercomunicador, preguntándole quién era.

—Soy Elfina, Klür me invitó a tomar el té —respondió gritando.

Las rejas se abrieron de par en par. Elfina entró, sopesando sus pasos, pensando que no le agradaba pasar por una situación tan incómoda, arrepintiéndose y al mismo tiempo admirando al joven millonario.

Caminó lentamente hasta llegar a una hermosa pileta, que antecedía a una casona formidable, llena de flores en los balcones, con acabados de pan de oro. En ese momento, Klür salió a recibirla.

—¡Hola! Qué alegría que vinieras, pensé que tal vez te arrepentirías —le dijo vacilante y animoso.

—Sí, yo también; no sabía que vivías en un lugar así. Es bastante...

Los padres de Klür hicieron su aparición antes de que pudiera terminar la frase. Él se los presentó y entraron al recibidor.

Había estatuas por todos lados, adornos que parecían salidos del Imperio Grecorromano. La invitaron a tomar asiento en la imponente sala y comenzaron a platicar.

—De modo que es usted fotógrafa, ¿verdad? —comentó la madre, Ladkya.

—Sí, trabajo en el Ayuntamiento, y en ocasiones doy clases de Fotografía —respondió con cierto nerviosismo, ya que no estaba acostumbrada a tratar con personas tan refinadas.

—Elfina pinta cuadros que parecen salidos de un sueño —añadió Klür –. De hecho, están basados en sus propios sueños...

—¿Y sobre qué son sus sueños? —quiso saber el padre, Rodjan.

Ella no respondió. Hubo un silencio durante unos minutos y luego el mayordomo anunció que la mesa estaba servida.

Los cuatro se levantaron con dirección al comedor. Klür se

aseguró de sentarse al lado de su amiga. Ambos se miraban a modo de complicidad, mientras servían el té y las galletas.

De pronto, Elfina dijo:

—Creo que es muy raro que yo esté aquí, ustedes son muy ricos y yo no. ¿No les parece extraño?

Los padres de Klür echaron a reír con ganas, mientras los amigos se miraban desconcertados, pero divertidos.

Lo siguiente fue que Ladkya y Rodjan tenían que irse a atender sus asuntos. Se despidieron, dejando a la pareja por su cuenta y pensando que Elfina era alguien muy especial.

—Les agradas, eso es seguro —le dijo Klür con una sonrisa cuando estuvieron solos.

—Lo importante es que no he cometido ninguna torpeza, como tropezarme o romper algo, en esta casa todo parece de oro —respondió con alivio.

De pronto, Klür se acercó a su rostro y le dio un beso en la mejilla. Los dos quedaron mirándose fijamente, mientras afuera comenzaban a caer las primeras gotas de lluvia.

CAPÍTULO XXXIX

Era un sujeto loco, completamente orate. Tenía el carácter de un demonio. Se aseguraba de encontrar las debilidades más vulnerables de sus acompañantes y los humillaba sin piedad. Parecía leerles la mente y penetrar sus más oscuros miedos y secretos.

Su nombre era Frostelger, y el sueño de Rendraya solo fue un preludio a la aparición de este peligroso personaje.

Apareció de la nada; ya sabía dónde vivían Rendraya y Éland, sin más tocó el timbre y entró a empujones.

—De modo que sueñas con ser escritora, pero no te atreves a publicar. Dime, ¿puede un carpintero decir que lo es sin haber construido un solo mueble? —Atacó de frente, ni siquiera se presentó.

—Llamaré a la policía —gritó Éland alarmada.

—Yo soy el jefe de la policía, muchacha estúpida. No lograrás nada.

—Pero, ¿quién es usted?, ¿qué quiere?

—He venido a salvarlas de sus patéticas vidas, no me lo agradezcan. De ahora en adelante, viviré con ustedes y las obligaré a sacar lo mejor de sí mismas. A mi estilo, claro.

El viejo loco subió las escaleras y no tardó el hallar el cuarto de huéspedes. Se encerró allí, a dar gritos salvajes que parecían cantos demoníacos.

Había comenzado. El universo se trastocó, nada más quedaba por hacer.

CAPÍTULO XL

Klür no escatimó en gastos cuando decidió organizar la exposición de Arte más maravillosa que alguien hubiera gestado.

Iría a ser en un centro de convenciones perteneciente a la compañía de sus padres, el «Tiempo sin fin».

La sala era enorme, adecuadamente proporcionada, con hermosas paredes blancas. Los estudiantes de la academia quisieron participar, dejando sola a la maestra.

Iría a tomar dos meses prepararlo todo, Klür no dejó que Elfina interviniera, era su regalo de amor.

Mandó a preparar los lienzos, hizo que colocaran luces azules para iluminar el recinto. Instaló un pequeño café donde los invitados pudieran degustar a sus anchas, e hizo que colocaran plantas y flores alrededor.

Elfina quedó anonadada con todo el trabajo laborioso y bien organizado de su amigo. La noche antes de la inauguración, no pudo resistirse más, y le dio un beso en los labios. Fue un beso corto, un preludio para otros besos apasionados que vendrían en el futuro.

—Elfina, no he hecho esto para comprarte, pero quiero verte feliz.

Ella solo atinó a abrazarlo suavemente.

Quedaron tendidos sobre una manta a la luz de la luna llena que iluminaba sus rostros perplejos. Conversaron de todo, de películas, de música, de libros. Klür era muy versado en todas las materias, y Elfina tenía más experiencia de vida que ambos.

—Hay muchas cosas que no sabes de mí, Klür, pero no creo que te las cuente. Tal vez más adelante.

—No me importa tu pasado, me importa lo que eres ahora. Nunca he conocido a alguien más deslumbrante que tú, Elfina.

Ambos sentían una emoción nueva, como si hubieran encontrado un gran tesoro, y, si fuese necesario, lucharían a muerte contra el mundo para conservarlo.

CAPÍTULO XLI

Frostelger se inventó una habitación desde donde controlaba el mundo. Cuando alguien entraba, soltaba una ráfaga de viento que emanaba de sus labios tenebrosos y una luz incandescente irrumpía para dar paso a un portal en el tiempo. Había muchos portales, muchas cronologías. Rendraya pronto descubrió que este individuo podía llegar a ser dominado, pero solo ella fue capaz de conocer el secreto, y lo hacía cada vez que le perdía el miedo.

—Tantos libros, tantas palabras. No sirven para nada. Eres ordinaria —le había dicho el viejo loco a la escritora anónima.

—Tanto poder, tanta voluntad para hacer daño. No sirven para nada, cobarde —le respondió una vez en que se armó de valor, de un valor descomunal y vívido.

Frostelger perdió el aliento, se quedó paralizado unos segundos. Le había sorprendido la capacidad de ella para responder sin dubitar.

Desde aquella vez, todo cambió, el mundo seguía bajo las riendas del orate, pero solo Rendraya controlaba su voluntad cuando era necesario. Logró domarlo, logró someterlo.

Un día se quedaron horas conversando sobre la posibilidad

de la destrucción del universo y la mecánica cuántica. En medio de todo ese caos, sobrevino una noticia inevitable, Muyan había fallecido, y con él, toda esperanza para Rendraya. Toda esperanza de poder ser reconocida, publicada, valorada.

El funeral fue una ceremonia muy larga, todos querían hablar de lo mucho que lo querían y admiraban.

Fue Éland la única que emitió un discurso sincero.

—Fue, Muyan Khun, un gran ser humano más que un gran poeta. Y más que un gran poeta, un amigo sincero que nos salvó la vida. No ha muerto, vivirá para siempre.

Y con estas palabras, selló el final del funeral más sombrío y triste que Rendraya hubo de presenciar en toda su vida.

CAPÍTULO XLII

«Tiempo sin fin» quedó abarrotado de visitantes la noche de la inauguración de la Exposición de Arte Independiente cuyo título peculiar despertó todo tipo de comentarios y preguntas. Había sido idea de Klür: *Los sueños del universo*. Era rimbombante, y estaba inspirado, principalmente, en la que ahora reinaba en su corazón de heredero privilegiado.

No solo acudieron aficionados al Arte, sino renombrados pintores, entre ellos Makenna Gibbs, quien aún a sus ochenta años seguía de pie.

Luego del discurso inaugural, pronunciado por Rodjan, la noche transcurrió amena y sosegada, entre conversaciones, críticas y alabanzas, puesto que nadie podía pasar por alto el status de la familia Saudková, dueña de la Compañía de Inteligencia Artificial homónima, que dominaba los mercados tecnológicos en D-107 y había empezado a expandirse en otros planetas.

Por supuesto, los allegados de los Saudková —al menos los que estaban en Blennes—, se hicieron presente y, llegado el momento, Elfina tuvo que conocerlos; fue a través del interés que Franz, amigo de Klür, mostró por un lienzo de la fotógrafa, el cual plasmaba un rostro que no era humano y en cuyo trasfondo se divisaba el espacio sideral.

Franz, a sus treinta y tres años, era Doctor en Física Cuántica, de modo que no pudo evitar hacer preguntas incómodas cuando ocurrió el encuentro con Elfina.

—¿Acaso se trata de Dios?, ¿de quién se supone que es ese rostro, señorita Elfina?

Klür, quien los acababa de presentar, no pudo evitar sentir cierta incomodidad ante esa interrogante, tal vez por el tono crítico de Franz, tal vez por algún conocimiento esotérico de su familia. Elfina estaba muy serena y dio al amigo una mirada indiferente. Se tomó su tiempo para dar una respuesta; finalmente le dijo:

—No soy pintora, y nunca lo seré. Mientras tanto me expreso tan fielmente como puedo, porque estoy de acuerdo con Whitman, solo que él lo hacía a través de la poesía. ¿Ha notado el título que le he puesto al cuadro?

Estas palabras despertaron en Franz una súbita fascinación por quien acababa de pronunciarlas. *¿Quién es esta mujer que lee a Whitman y pinta por diversión?*, pensó con sorpresa.

Antes de que pudiera seguir la charla, una mujer alta y rubia, aterciopelada, se acercó a Klür para saludarlo. Le dio un beso en la mejilla y, tomándolo del brazo, lo apartó del grupo.

Franz los ignoró. Quedó observando la etiqueta del lienzo, que señalaba el título, la autora y el año.

—*Rostro del Universo*. Es muy pretencioso. He estudiado los misterios del universo a nivel científico desde hace diez años. Comprenderá que la Física Cuántica no concibe tal cosa. Pero soy de mente abierta, sé que es solo una expresión artística, y, por ende, subjetiva.

Como Klür se había perdido de vista, Franz aprovechó el momento para decirle a Elfina todo lo que pensaba sobre su obra. Acababa de explicarle el origen del nombre del cuadro, pero Franz, como físico, no llegaba a comprender. Estaba ahí, estacionado, pensando en la cita de Whitman, mientras el germen de una obsesión por saber más sobre aquella mujer desconcertante, que no aparentaba en absoluto su edad, y cuyo magnetismo había hipnotizado por completo a Klür; empezaba a sembrarse. Pero, ¿por qué desapareció? Cualquiera hubiera esperado una reacción adversa por parte de Elfina.

—¿Te gusta el whisky? —le preguntó Franz, mientras las dos lunas relucían a través del techo transparente.

—Solo bebo cuando estoy triste —dijo Elfina. Y mientras pronunciaba estas palabras, Makenna Gibbs y un crítico de Arte se acercaron.

—¿Usted es la autora de este cuadro y de la que todos están hablando? —le preguntó.

Calló unos segundos.

De pronto, la imagen de Dion se asomó en su mente; recordó a los dos pájaros azules y se propuso aprender a hablar su idioma.

Su mirada inspiraba cierta consternación. Una necesidad por saber por qué había pintado esos cuadros. Una imperiosa necesidad por saber por qué Klür había organizado esa exposición.

—Como ya lo había dicho, no soy pintora –respondió Elfina con tranquilidad.

Makenna Gibbs, cuyo ego rebasaba los confines del mar que rodeaba Almar, aprovechó la ocasión para dar su punto de vista sobre los lienzos, que más parecían haber salido de un cuento de fantasía.

—El Arte puede manifestarse de muchas maneras —dijo Makenna —, algunos pintaron las estrellas, otros el rostro de la mujer o el hombre amado, y otros solo salpicaron pintura al azar.

De pronto Franz tuvo un recuerdo muy remoto.

—¿Como Jackson Pollock? —indagó dubitativo.

—No, él era la excepción —dijo Makenna, con displicencia —, la verdad es que nunca he oído de alguien que dice que ha soñado estas cosas y que las ha plasmado en sus cuadros, suponiendo que es cierto —dijo la octogenaria artista plástica mientras se acomodaba el sombrero gris y alzaba la mirada, imponiendo todo el poder que le confería haber sido galardonada con infinidad de distinciones y siendo una pintora cuyo prestigio no le permitía a Elfina dar una respuesta digna.

Pero, así como Rendraya había dominado a Frostelger en su momento, y como era incierto el destino de Éland, que parecía que nunca iba a volver a las páginas en blanco; Elfina expresó lo que nunca debió haber dicho, y sus palabras resonaron en la mente de Klür, que en ese momento se encontraba en el bar provisional.

Nadie en ese grupúsculo imaginó que a Elfina no le interesaba la pintura. Cada uno con sus ideas fijas y absolutamente convencidos de ser dueños de la verdad, observaban a Elfina pasmados mientras sus palabras comenzaban a modificar la posición de la pelota de flores del cuadro de Klür.

El rostro del joven millonario se desencajó; su fina compañera, que era toda risas y coqueteo, lo miró con preocupación. Klür se levantó sin decir una palabra, dejó su copa sobre la barra y caminó despacio, no hacia donde estaba Elfina y su audiencia, sino hacia donde descansaba su lienzo, con el símbolo secreto de su familia y cuyo significado estaba reservado a los miembros del clan Saudková.

De pronto, Elfina se retiró del grupo sin dar explicaciones y fue a buscar a Klür; en el camino, un mozo le ofreció un bocadillo de caviar, pero ella no tenía apetito y con un gesto negativo lo despidió. Siguió avanzando entre la multitud hasta que divisó a Klür totalmente anonadado, observando su creación. Cuando se aproximó a él, Klür no la miró. Fue entonces cuando todos los cuadros, tanto de Klür como de Elfina y sus compañeros, comenzaron a modificarse. Los seres alados alzaron vuelo, los frutos dorados del árbol mágico comenzaron a resplandecer. Pasaron unos segundos antes de que los asistentes se dieran cuenta del fenómeno sobrenatural del cual estaban siendo testigos. Entonces, Elfina sintió, más bien oyó, una voz en su mente que le decía: «Cuando Dion estaba en la Tierra conoció a una muchacha y le narró tu historia, ella lo dejó todo y se fue a buscarte, quería salvarte, no se imaginó que tú ya te habías salvado sola». La voz sonó como un canto, como si viniera de un instrumento musical creado para embelesar no solo a los amantes de la música sino a cualquiera con oídos para escuchar.

La voz continuó: «Muy pronto conocerás a esta mujer que abandonó al amor de su vida para hallarte y cruzó un vasto océano para rescatarte». Mientras ocurría todo esto, los asistentes comenzaron a tener reacciones diversas. Algunos salían corriendo, otros se quedaban observando maravillados y unos pocos lanzaban oraciones al vacío como invocando a Dios. En ese instante, Klür volteó a mirar a Elfina. Con una expresión triste y lacónica dijo:

—No te importa que Lasha me haya invitado una copa. ¿Yo no te importo? —dijo con tristeza.

Franz vino corriendo a donde estaban los dos. Agitado y aterrorizado le dijo a Elfina:

—Tus cuadros son una maldición. ¡Tú eres una maldición! Debo alejarme de ti lo más que pueda. Tú deberías hacer lo mismo Klür. ¡Adiós! —Y salió corriendo.

Los únicos que parecían estar serenos eran Elfina y Klür, cuyas mentes también exploraban asuntos que no tenían nada que ver con lo que estaba ocurriendo. Elfina conservaba esa expresión profunda y misteriosa.

—Algo hermoso está ocurriendo ahora, qué importa que una muchacha te haya invitado una copa.

Entonces, el caballo alado se manifestó, materializándose como todas las visiones y los sueños de Elfina, incluyendo el Rostro del Universo y la escena del juego de básquet con la pelota de flores que encerraba un secreto y que solo podría ser develado a través de Klür.

—¡Qué hermoso corcel! —afirmó Klür con alegría, al

mismo tiempo que el animal se acercaba a la pareja ondeando sus majestuosas alas.

Nadie más quedaba alrededor, excepto los seres mágicos y sobrenaturales con paisajes de otros planetas y seres alienígenas, y el Ser más controversial de todos, que no podía ser nombrado.

Klür parecía enajenado, y acariciaba el corcel blanco cuyo pelaje suave y brillante como un diamante le maravillaba en exceso. Luego miró a Elfina, se acercó lentamente a su rostro y le dio un beso en los ojos.

—Esto es maravillosamente catastrófico Elfina —dijo Klür. Su mirada expresaba un amor más profundo que el espacio sideral, y La Innombrable caminó lentamente entre la multitud de seres y mundos, criaturas y monstruos, todos salidos de la mente de Elfina, de sus sueños eternos; emanaba un resplandor cristalino, sus manos estaban abiertas. Finalmente llegó a donde estaban los dos enamorados; la luz de su rostro era tan refulgente que era imposible mirarle de frente. Klür y Elfina se abrazaron cerrando los ojos con angustia, una parte de ellos sentía pavor infinito y otra parte quería ver, quería saber la verdad.

La luz del Ser Supremo fue expandiéndose cada vez más, mientras los seres sobrenaturales quedaron quietos a la espera de sus palabras.

Los dos se agazaparon sobre el concreto, abrazados y con lágrimas en los ojos, los cuales permanecían cerrados.

Una voz que resonó como la música del universo pronunció una sola frase. Elfina hacía un esfuerzo por no desmayarse.

Una vez que terminó de hablar, la voz omnipotente dispersó a todos los seres, animales fantásticos y reinos de otros mundos; todos regresaron a sus respectivos lienzos. El resplandor terrorífico y majestuoso fue apagándose, mientras Elfina oía los pensamientos de Klür. Le decía que la amaba, le decía que huyeran lejos, que se alejaran para siempre de todo lo conocido y la invitaba a sumergirse en una vida fascinante.

Cuando por fin pudieron abrir los ojos, no había nadie más. Los cuadros permanecían inmóviles. Nada más fue dicho.

Esa noche, Elfina y Klür partieron en el jet privado del joven hacia un destino lejano.

CAPÍTULO XLIII

Rendraya se había cansado de Éland y Frostelger, de su trabajo, de todo. A veces entraba en la habitación donde Frostelger hacía y deshacía a su gusto, donde movía los hilos del presente, pasado y futuro. Una idea cruzó su mente, una idea tan potente, tan recalcitrante, que fue imposible detenerla.

Pasaron muchos años antes de que se animara a tomar acción.

Entonces, un día de enero, abrió un portal y empujó a Frostelger a través de él, cerrando el agujero con un conjuro inamovible. Pequeñas lágrimas surcaron sus mejillas, pues el anciano había sido alguien devoto de manera ilógica.

Hizo sus maletas, y sin despedirse de Éland, que en ese momento se encontraba en su trabajo, se dirigió al aeropuerto, compró el primer boleto, sin pensar en su destino ni planificar nada y alzó vuelo lejos de su antigua vida.

CAPÍTULO XLIV

Los cuadros de Elfina y Klür fueron almacenados en una bóveda de la mansión Saudková. La pareja volaba en el lujoso jet, cuyo piloto surcaba los océanos y las ciudades; la fotógrafa se quedó profundamente dormida, mientras Klür, quien yacía a su lado, la observaba con una curiosidad infinita. De pronto, pensó con terror: *¿Alguna vez terminaré de conocerla? ¿Y si no soy suficiente? ¿Y si se aburre de mí?* Elfina, que rejuvenecía día tras día sin explicación alguna, soñaba con Dion. En aquel sueño, Dion le enseñaba a hablar con los pájaros azules, emitía silbidos de diferentes tonalidades mientras le transmitía el significado de cada tono, de cada nota.

El jet finalmente aterrizó en la isla privada de la familia Saudková. Con un movimiento suave, el joven acarició la frente de su amada para despertarla. Elfina tardó en abrir los ojos, tanto así que Klür se asustó un poco. Se acercó Lina, una mucama, trayendo un botiquín de primeros auxilios. Finalmente, Elfina abrió los ojos. Una parte de ella no había querido despertar como alguna vez

Abrió los ojos y lo primero que pensó fue: *Dion en verdad me amaba,* al mismo tiempo que el rostro de Klür se acercaba cada vez más, casi rozando su mejilla con la de ella; la tomó en sus brazos y la transportó a la mansión. Rayaba el alba. La hora azul inundaba la isla.

Klür, quien se ejercitaba regularmente y que además tenía una fisonomía privilegiada, con su metro con ochenta y tres centímetros de estatura, sostenía a Elfina con unos brazos recios, y ella sentía que flotaba hacia la felicidad. La llevó hacia su habitación en el segundo piso, subiendo las escaleras sin dificultad. La acostó en la cama de dosel y cubriéndola con una manta tan suave como las plumas de un cisne, le dijo:

—Tardaste mucho en despertar. Lina trajo un ventilador y algo de agua oxigenada. Te pusimos aromas. Tu rostro se veía tan complacido que hasta nos incomodaba despertarte.

Klür abrazó a Elfina, arrodillado, en aquella habitación hermosa, mientras la mujer mágica divisaba frente a ella un lienzo que retrataba a toda la familia Saudková. Observaba a cada integrante. Estaba Ladkya, Rodjan, Klür de niño y una muchacha adolescente de cabello castaño y tez blanca. Elfina se sintió extrañada y también sintió que una mentira había salido de los labios de Klür cuando le dijo que era hijo único.

Klür sintió la vibración de Elfina, se apartó.

—¿Qué sucede? —quiso saber él.

—Estoy muy cansada, conversaremos luego.

Klür se dio la vuelta y caminó hacia el balcón, observó cómo salía el sol, iluminándolo todo, junto con su corazón. Luego, se volteó hacia ella y se dio cuenta de que Elfina no le quitaba la vista al cuadro que yacía en frente de la cama. Entonces comprendió.

—No te he mentido, pero tampoco puedo decirte la verdad. Es demasiado Elfina, tenemos mucho tiempo. Poco a poco te iré contando los secretos de mi familia. Te lo diré todo. Pero, Elfina... —Y calló.

Su amada se levantó de la cama y lo tomó de las manos.

—Míranos —dijo Klür —. Ya parecemos de la misma edad. ¿Por qué Elfina? ¿Qué está pasando? Tengo miedo.

En ese momento, vino Walcrass, el mayordomo.

—Señor, tiene una llamada de su padre. Dice que es urgente.

—Sí, está bien.

Besó las manos de Elfina y salió de la habitación.

—Perdóname Dion —dijo Elfina para sí cuando ya estuvo sola.

Y desde algún lugar del mundo, llegó un pájaro azul que había sido amigo del legendario Dion. Dion, quien había amado a más de una mujer y quien había sido rechazado por todas las mujeres a quien amó. Dion, quien tenía el poder sobrenatural de dialogar con las aves azules. Dion, quien cuidó de Elfina mientras dormía y murió de un ataque al corazón, mejor dicho, murió de tristeza. El pájaro azul se posó en el balcón y comenzó a cantar. Elfina entendía cada nota de la melodía que vibraba y que decía: «Hay una mujer que te ha estado buscando cuando estabas en la Tierra y aún piensa en ti», y para sorpresa de Elfina, comenzó a hablar el idioma de los pájaros; emitió un silbido que significa lo siguiente:

—Ya había escuchado eso antes, ¿quién es esa mujer?, ¿aún me busca?

El ave aleteaba, parecía estar muy alegre y nuevamente emitió un silbido que sonaba como una canción compuesta por ángeles.

Pronto vendrá a tu encuentro.

Y se fue volando.

Elfina solo atinó a encender el tocadiscos que yacía a un costado de la cama, no se preocupó en ver qué clase de música iría a sonar y, para su sorpresa, era el Concierto No. 3 de Rachmaninoff, una pieza que admiraba.

Tomó asiento cerca del escritorio y hurgó en los cajones, encontró una especie de diario. Primero sintió que estaba invadiendo la privacidad ajena, pero cuando abrió sus páginas, estaban en blanco, así que tomó un lapicero y sin pensar mucho, comenzó a escribir.

CAPÍTULO XLV

Cuando la tarde del siete de julio Éland volvió a casa del trabajo, encontró el departamento vacío. Se apresuró a llamar a Rendraya, fue a su habitación y todo lo que encontró fueron algunas cosas revueltas, pero obvias señales de que había hecho sus maletas y se había marchado. Frostelger tampoco estaba. Éland entró en pánico; su creadora, quien se había convertido en su mejor amiga ya no estaba; no había ni una nota, ni una señal de su paradero. Éland se sentó al borde de la cama y de pronto recordó a Dion. Recordó la etapa más feliz de su vida, evocó los pájaros azules e inevitablemente el nombre de Elfina Khun asaltó su mente. Recordó la misión que se había autoimpuesto. *Tenía que salvarla*, pensó con tristeza.

Se levantó de la cama y se asomó al balcón. *Pero entonces conocí a Rendraya y a Muyan, y mi mente voló, me distraje, todo cambio tan rápido que olvidé mi propósito más importante.* Estaba en un séptimo piso, el ocaso comenzaba a acostarse sobre los hombros de la ciudad de Blennes, al mismo tiempo que una ligera llovizna acariciaba el aslfalto. A Éland no le importó.

—¡Elfina! —gritó de pronto

En ese momento, alguien desde abajo pronunció su

nombre. Éland tardó unos minutos en darse cuenta de que alguien la llamaba, luego se asomó y divisó a Sashkia, uno de sus clientes más asiduos, quien la llamaba a voz de cuello. Con un gesto, Éland lo saludó y le dijo que bajaría, pues no quería que viera el desastre que era el departamento. Así que tomó su abrigo, su paraguas y en una mochila colocó algunas de sus pertenencias indispensables. Se marchó de aquel lugar que antes había sido su hogar durante veinte años y lo hizo sin mirar atrás como era su costumbre.

Mientras bajaba por el ascensor, pensaba con desesperación cuál sería el paradero de Elfina. Pensaba que tal vez había muerto en la Tierra; toda clase de eventos catastróficos inundaban su mente. Cuando llegó al primer piso, vio a Sashkia, quien la esperaba con una amplia sonrisa.

Se saludaron cortésmente.

—Te invito a tomar un café —le dijo su amigo con una gruesa voz.

Sashkia, hombre de cincuenta y dos años, nunca tenía frío y no le importaba mojarse.

Caminaron con dirección al Café Lowell. Sashkia le iba comentando todo tipo de cosas, entre ellas, sobre una película que había visto recientemente.

—No sé por qué la vi Éland —le dijo—, no sé nada sobre

Arte y para serte sincero, nunca había escuchado de Van Gogh. Pero, estuve aburrido y el nombre era muy extravagante, entonces la elegí. Me quedé prendado.

Sashkia continuó hablando sobre Van Gogh y la historia de su vida, y el cuadro que cambiaría la historia del Arte Moderno para siempre.

—Noche Estrellada —dijo Éland.

—¿Conoces al pintor? —se sorprendió.

—Mi antigua amiga era una persona muy culta y alguna vez lo mencionó. De hecho, Van Gogh era fuente de su inspiración para escribir.

Su amigo notó que Éland estaba dispersa, pensando en otras cosas.

—¿Qué pasó con tu amiga? —quiso saber.

—No importa, ahora hay algo urgente que debo hacer, debo encontrar a Elfina —dijo abruptamente.

Estaba por irse, cuando Sashkia le dijo:

—¿Elfina? Si no fuera porque ese nombre es muy raro no lo recordaría

Éland volteo en seco.

—¿Dónde has escuchado ese nombre? —le dijo casi a gritos.

—Bueno, es que tengo un amigo, nunca te lo mencioné porque no quería alardear. Es que mi amigo es el heredero de una Compañía de Inteligencia Artificial. Yo en realidad lo conocí por casualidad. Y hace un año hubo una exposición.

—¿Qué clase de exposición? —preguntó Éland conmocionada.

—Bueno, él solía estudiar Dibujo y Pintura en una Academia, y allí conoció a una mujer que casi le doblaba la edad. No sé qué paso, pero organizó una exposición solo para ella, para que pudiera exhibir sus cuadros, porque su maestra no la quería. Me invitó, de hecho, y pude llegar, pero llegué tarde cuando ya todo estaba cerrado.

—¿Y luego qué pasó? —dijo Éland con brusquedad.

—Pero, cálmate, ¿qué pasa? —respondió Sashkia con extrañeza.

—Disculpa. —Éland tomó aire, y luchó por tranquilizarse—, prosigue por favor —le dijo a Sashkia, quien con sus hermosos ojos celestes la contemplaba desconcertado.

—Bueno, hace poco lo llamé, quería saber cómo estaba, ya que no había sabido de él en muchos meses. Días después me devolvió la llamada y me dijo que se había ido a la isla privada de su familia con la que ahora es su novia, Elfina.

Éland luchó por dominarse.

—Está bien —dijo—; Sashkia, te voy a pedir un favor muy especial.

—Bueno Éland, sabes que no hay nada que no haría por ti. —Y sus ojos reflejaban un afecto sincero.

—Debo ir a donde está Elfina. Debo asegurarme de que está bien.

—Bueno, por lo que sé, están muy felices ahora y debo confesarte que Klür solía ser un donjuán.

Éland, al escuchar el nombre de Klür, se acercó a Sashkia, lo tomó de los hombros y le dijo con una voz de ardua desesperación.

—¿Te refieres a Klür Saudková?

—Uhm, sí —dijo su amigo —, pero, ¿por qué te alborotas tanto?, te ves tan estresada. Bueno, no te preocupes Éland, te voy a ayudar. No sé para qué quieres ver a Elfina, en realidad es una mujer muy rara, según escuché, y además pasaron cosas muy extrañas la noche de la exposición, que yo solo sé a medias por habladurías de la gente, y no sé si creerlas.

—Está bien —dijo Éland, tratando de calmarse—, te necesito.

Y tomándolo de la mano, le pidió:

—Llévame donde está Klür y Elfina, solo llámalo y dile que

Éland lo está buscando.

—¿En serio?, ¿te conoce?

—Solo hazlo; y ya vamos que estás empapado —le dijo con fastidio.

Sashkia rio. Luego caminaron hacia una cabina telefónica y el hombre rubio marcó el número de Klür. Veía en Éland a una mujer que guardaba un oscuro secreto, pero todo comenzaba a clarificarse.

Al día siguiente, Sashkia y Éland fueron al aeropuerto privado de los Saudková. Ya todo había sido arreglado, el personal los recibió siguiendo las órdenes de Klür. Subieron a uno de los jets con destino a la isla donde estaba la pareja que Éland nunca pensó encontrar en otro planeta.

CAPÍTULO XLVI

Cuando Rendraya se despertó la mañana del tres de marzo del año 31 D.T., se dio cuenta de que cumplir ochenta años no solo significa tocar una honda sabiduría, sino que le había llegado el tiempo de la cosecha.

Luego de abandonar su antigua vida en Blennes, se había establecido en la gran ciudad de Kraszs, que era una urbe donde vivían todos los artistas y escritores que deseaban la fama y el éxito. Tres años habían pasado, tiempo durante el cual Rendraya se había transformado en una persona indolente, despiadada, calculadora, y, sobre todo, en una máquina imparable de voluntad y fiereza para accionar la publicación de su obra. Y lo hizo a su manera; ella nunca quiso la ayuda de nadie, mucho menos de su antiguo amigo, ya fallecido. Ella quería lograrlo por sí misma. Fue así que visitó cada grupo editorial importante, y lo hizo con una actitud diferente. Aquella Rendraya que no quería hablar de su obra o de sí misma, que siempre estaba insegura de su don literario o de las obras que había escrito, se había esfumado como la vida en el planeta Tierra.

Se presentaba en cada casa editorial como una gran escritora, como la voz del futuro, y lo hacía saber con tal firmeza y convicción, que resultaba imposible negarle el acceso a los editores. Había escrito cinco libros que permanecían inéditos. Se limitó a dejar el primer manuscrito, terminado hacía ya muchas décadas; lo dejó para evaluación en todas las editoriales, y se marchó como si su libro ya hubiera sido un éxito mundial. Es así que finalmente todos los editores que habían leído esta obra la llamaron y le hicieron una propuesta. De modo que Rendraya se dio el lujo de exigir el ochenta por ciento de regalías, aduciendo que siempre había una mejor oferta. Eligió el Grupo Editorial Faulkner y en seis meses su libro estuvo en todas las librerías, no solo de Kraszs, Blennes o Almar, sino en todo D-107. Sin embargo, en el contrato se estipulaba claramente que ella no deseaba asistir a ningún evento, a ninguna presentación o entrevista, ya que su imagen sería guardada en secreto, solo su nombre sería conocido. Ella no quería que sus lectores la importunaran pidiendo autógrafos.

Efectivamente, su novela, titulada *El sol también duerme* se convirtió en un best seller que alcanzó a distribuirse en el planeta K-86 y en los demás planetas habitables donde los humanos escogidos habían logrado sobrevivir después de que la Tierra colapsara; su vida cambió para siempre.

Este libro era muy singular. Lo que Rendraya había logrado cuando conoció a Frostelger, todo el caos sobrenatural, el deseo de Rendraya, el ferviente anhelo, la magia de sus palabras; siguieron trastornando la realidad, de modo que el sol, efectivamente, se fue a dormir. Y no fue como en la Tierra cuando todavía existía vida y había un lugar en el norte donde siempre era de noche; era como si la noche en el planeta D-107, fuera una noche luminosa con ocho lunas refulgentes que formaban un arco perfecto en el cielo, manteniéndose en esa posición, inmutables, iluminando la mente de la escritora-diosa, cuyo poder solo podría ser comparado con el de la gran Elfina Khun.

Los habitantes del planeta D-107 no entendían lo que había pasado, pensaron que era un cambio climático efímero, y se maravillaron con las ocho lunas que resplandecían en el horizonte. Se asombraban aún más cuando relacionaban este fenómeno con el libro de la ahora notable y reconocida Rendraya Lauden, cuya historia arrasó con cada lector. Todo el que veía su libro sentía un magnetismo irresistible. *El sol también duerme* se convirtió en el libro más leído de todos los tiempos, y sobrepasó a la Biblia. No había ser humano que no supiera de él o de Rendraya. Cuando alguien hablaba de Literatura, de ficción, de novelas, recordaba de inmediato a la escritora y a su obra monumental.

No solo porque el argumento iba más allá de lo extraordinario, sino porque estaba estrechamente ligado al hecho de que el sol —en la vida real—, ya no salía a alumbrar las calles, ni los puentes, ni los mares. Sin embargo, era como si Rendraya ya hubiera pronosticado todo esto; no estaba sorprendida, no estaba ni siquiera orgullosa. Era como tomar un vaso de agua y sentir como se refresca la garganta, un acto natural. Rendraya se refugió en una cabaña en la jungla, a descansar, a soñar. Fue curioso, pero no pensó en Éland en esos años, se limitaba a contemplar las ocho lunas que se veían nítidamente desde su amplia ventana, con la sonrisa de una niña juguetona que da vueltas y vueltas, y siente el vértigo que la conmina a caer rendida en un pasto tan suave como el lomo de un caballo blanco.

Rendraya decidió que el segundo libro no saldría a la luz.

*

Cierto día de una estación indeterminada, ya que no existía el verano, la primavera, el otoño ni el invierno, y la temperatura se mantenía en 21° C; la escritora mágica recibió una llamada. Al principio no reconoció la voz masculina que le hablaba desde la otra línea, porque era alguien que había conocido brevemente en uno de sus viajes durante su estancia en la Tierra, específicamente, cuando huyó a Nai para encontrar la paz interior.

—No sé si me recuerdes —dijo la voz, algo intimidada.

—¿Cómo conseguiste mi número? —preguntó Rendraya

con fastidio.

—Lo que pasa es que yo también soy escritor, y a través de un contacto que no puedo revelar, conseguí tu número privado.

—¿Qué quieres? —preguntó de mala gana.

—Soy Friegl, nos conocimos en la Tierra, en Nai, hace muchos años. En ese tiempo nadie te conocía, tus obras eran secretas. Hablabas conmigo vagamente de un libro que estabas escribiendo, y bueno, ahora todo es diferente... por cierto, lo leí.

Friegl hubiera seguido con su perorata, en ese su tono emocionado, con una actitud propia de quien tiempo atrás hubiera encontrado un carbón y ahora, era testigo de su transformación en diamante.

Quiso continuar hablando, pero la autora lo interrumpió bruscamente.

—No me interesa lo que pienses de mi obra. No vuelvas a llamar. —Y colgó, no sin antes asegurarse de bloquear el número emisor.

Esa llamada trajo a su memoria la vida que había llevado, a Éland, a Muyan, a los sentimientos que acompañaban aquella época taciturna de sufrimiento e impotencia. Pero esa vieja Rendraya había muerto y, en su lugar, había un agujero negro monstruoso que se tragaba galaxias enteras.

Se durmió después de beber una infusión floral y de encender sus velas aromáticas, pensó en poner algo de música, tal vez algo de Los Beatles, The Smiths o Elvis; o tal vez solo la radio. Pero estaba agotada, solo quería silencio, y si fuera posible, el silencio eterno.

Se durmió pensando en un retrato de su pintor más admirado, mientras afuera sonaba el rugido del viento, el rozar de las hojas de los árboles frondosos, y los sonidos estridentes de los animales que poblaban ese bosque; animales de especies nuevas que aún nadie había nombrado, pero que eran indefensos y hermosos como los pájaros azules de Dion.

No sabría decirles si era de día o de noche, si era la hora de dormir o de despertar, no había ya diferencia, pues el cielo siempre lucía igual.

Con el pasar de los meses el editor de R. Lauden le solicitó un nuevo libro.

—El público te aclama, es cierto que amarían tener un autógrafo tuyo, pero, no importa, solo envíame el manuscrito de un nuevo libro y tal vez vuelva a salir el sol —le dijo en un tono sarcástico.

—Yo decidiré cuando sea el momento, mientras tanto no me molestes. Adiós —le contestó con displicencia.

¡Cómo habían cambiado las cosas! El giro de los

acontecimientos, la actitud de las personas, ¡cuántas vueltas daba la vida! Y así permaneció, inmóvil en su cabaña, ya que recibía los víveres de un mensajero. Ocasionalmente, salía a caminar por el área cercada, pues su casa era inmensa.

Había un lago en frente, que brillaba con las ocho lunas. Se acostumbró a conversar con los personajes de sus libros, consigo misma; pero se negaba a aceptar la existencia de un ser divino. Se había vuelto una ermitaña, cuya soledad era inabarcable. Había encontrado la paz que tanto había añorado desde que nació y se dijo a sí misma:

—No necesito de Dios.

Y con esta sentencia llamó la atención de la Mente Universal que la escuchaba y la observaba como a todos los universos y seres vivientes; Ella no pensaba en darle una lección, o en castigarla, o en hablarle, o en aparecer en sus sueños, o en nada en particular. Simplemente la contemplaba, pues el Ser Supremo y su accionar son insondables.

La religión había desaparecido y tampoco hablaban de Dios, pero el Ser magnífico inefable nunca había dejado de contemplar a la humanidad o a los otros seres que poblaban el espacio sideral.

¿Cómo era posible creer en un dios después de que Rendraya lograra lo imposible y lo inimaginable? ¿Cómo era posible no sentirse todopoderosa a raíz de los sucesos acaecidos de sus manos, de su verbo? Rendraya se equivocaba inevitablemente, pero era más astuta de lo que aparentaba.

Entonces, semanas después, alguien tocó a su puerta.

CAPÍTULO XLVII

—¿Por qué querías salvarme? —le dijo Elfina a Éland cuando ya se habían reunido en el gran salón de la mansión de playa.

Había sido un viaje largo. Klür no se hallaba presente, puesto que había empezado a ocuparse de los asuntos de su madre y de la compañía. Sashkia recorría la sala observando los cuadros maravillosos cuyas ensoñaciones invitaban a imaginar otros mundos.

—¡Qué hermosos cuadros! —exclamó Sashkia—. Y están firmados por Elfina, ¡son tuyos!

Elfina no respondió. Se veía hermosa, se veía de veinte años, con el cabello sedoso y negro, y unos ojos marrones que brillaban con la luz del sol de aquella isla donde siempre era verano.

Éland quedó en silencio reflexionando sobre sus motivos. De pronto dijo:

—¿Y a qué te dedicas Elfina?

La maga, algo incómoda por la pregunta, respondió:

—Tengo una galería donde expongo mis fotografías y cuadros —respondió con una voz lacónica y tolerante.

—¿Cuántos habitantes hay en esta isla? —quiso saber Sashkia.

—Solo somos alrededor de nueve mil. Sin embargo, han comenzado a venir personas de otros lugares. Se corrió el rumor de que mis cuadros son mágicos y la curiosidad los vence —respondió sin inmutarse.

Finalmente, Éland declaró:

—Yo conocí a un joven, cuando estaba en la Tierra, hace ya mucho tiempo. Yo era su jefa. Me enamoré de él y me enseñó, me tradujo el mensaje de los pájaros azules, cuyo idioma él tenía el don de entender. Me contó tu historia, y algo en mí me impulsó a querer buscarte y a querer salvarte de tu familia. Abandoné al amor de mi vida y me marché, fui hasta Nai, pero no encontré rastro tuyo. Luego volví a casa con Muyan; conocí a ... es una historia muy larga, pero eso es en síntesis lo que pasó.

Sashkia las miraba con una confusión y un desconcierto inauditos. Aunque quería hacer muchas preguntas, se quedó callado.

A continuación, se aproximó Walcrass.

—Señorita Elfina, tiene una llamada del Señor Klür.

Elfina hizo un gesto y se dirigió a una habitación privada. Éland se sentía extraña, pensó que Elfina se encontraría en condiciones deplorables después de haber vivido lo que había vivido.

—¡Qué hermoso es aquí!, ¿verdad? El sol brilla, es como un nuevo amanecer —comentó Sashkia con un tono de felicidad y olvidando lo inusual del momento.

Mientras tanto, Elfina tenía su propia conversación.

—Elfina mía, regresaré en un par de días. Espero que todo esté bien por allá. Mi madre ha empezado a presionarme mucho, dice que dentro de poco tendré que mudarme a Tebium para liderar la compañía. —Elfina lo escuchaba y después de unos segundos respondió.

—Bueno, yo no soy quien tiene que decirte lo que tienes que hacer. Hemos vivido un año maravilloso, he sido muy feliz contigo y estoy infinitamente agradecida por todas las cosas que has hecho por mí. Últimamente ya no te veo, no te voy a decir que no te extraño, pero yo no soy la clase de mujer que se aferra a un hombre y lo persigue a donde quiera que va. Yo me iré por mi cuenta, ya no necesitas preocuparte por mí —dijo Elfina en un tono neutral.

—Cuásar —le dijo Klür en un tono que nunca antes había usado—. Prefiero morirme que alejarme de tu lado. Voy a resolver esto, voy a encontrar una manera, pero por favor no me digas que todo ha terminado, no digas... no me hables como si lo nuestro hubiera sido pasajero. Mi amor por ti supera el infinito, y si tengo que renunciar a dirigir la compañía de mi familia, lo haré.

—No voy a hablar más contigo Klür, tengo visitas, además.

—¿Quién está ahí contigo? –preguntó molesto.

—Han venido Sashkia y Éland.

—¿¡Cómo!?

—¿Qué pasa?, dicen ser amigos tuyos.

–Sí, había olvidado que los invité, por favor diles que se queden hasta mi regreso.

—Bueno, tengo que irme, adiós. –Y colgó.

*

—Conocí a Dion en Almar cuando recién llegué a D-107. Fuimos amigos, tuvimos una conexión muy especial hasta que tuvo intenciones amorosas conmigo y lo abandoné —dijo Elfina, luego de retornar al salón y sentarse en su sillón favorito, que era acolchadito, de terciopelo, con tapiz de flores celestes, y bordes de madera labrada.

Éland trató de no sorprenderse mucho y no pudo evitar preguntar:

141

—¿Dónde está Dion?

Brotó una lágrima del rostro de Elfina y le dijo:

—Dion falleció hace más de veinte años, murió cuidándome mientras yo dormía.

Comenzaba a ocultarse el sol, el ocaso lleno de luces multicolores y explosiones de rojos, anaranjados, turquesas y tonos fucsia invadía el cielo magnífico de aquella isla.

Los tres se asomaron por la ventana, cuyo paisaje era tan imponente como la mente de un alquimista, y se quedaron en silencio.

CAPÍTULO XLVIII

Rendraya pudo haber decidido no abrir esa puerta, mucho menos asomarse para ver quién era, pero su curiosidad fue más fuerte. Entonces, a través del intercomunicador, preguntó:

—¿Quién es?

El hombre que yacía afuera le respondió:

—Hola Rendraya, soy Friegl. Disculpa que te venga a visitar, solo quería charlar un momento contigo.

Rendraya no sintió miedo como le habían enseñado en su infancia, ante la presencia de los hombres o ante la presencia de cualquiera que pudiera amenazarla. Se dijo a sí misma que había estado demasiado tiempo sola, y que tal vez un poco de compañía no iría a ser del todo desagradable.

—¿A qué has venido? —le volvió a preguntar.

—Solo soy un admirador tuyo y de tu obra. Sé que has estado aislada del mundo, y también sé que no pretendes publicar un nuevo libro, al menos no de momento. No tengo malas intenciones Rendraya. Quiero compartirte algo de mi obra también, quizás eso te ayude.

Rendraya pensó que lo mejor sería continuar la conversación frente a frente, así que presionó el botón y la puerta de abrió.

Friegl, que ya era un hombre de la tercera edad, al igual que la escritora, y que, aun así, mantenía sus cabellos largos; tenía una mirada de extrañeza y también muy emocionada. Rendraya lo recibió en su sala y lo invitó a tomar asiento. Los muebles rojos, las mesitas de madera, los cuadros de Van Gogh, las paredes azules, y la decoración muy particular y propia de una artista de la palabra, causó aún más admiración en Friegl.

—No sé qué te hace pensar que puedes ayudarme. ¿Crees que no publico un libro porque me quedé sin ideas? Te equivocas, yo tengo muchos libros inéditos, simplemente es mi deseo dejar de publicar —aseguró altaneramente la escritora, sin mencionar el largo tiempo que había pasado desde la última vez que se vieron.

—Entiendo —respondió el escritor—. ¿Lo haces para vengarte? Porque eso parece, y no es bueno para ti. Parece que aquí tienes una vida muy cómoda, pero has estado sola todo este tiempo. Me alegra mucho poder volver a verte Rendraya, aunque sé que tú no sientes lo mismo.

Sus oraciones inconexas causaron estupor en Rendraya, quien empezaba a aburrirse. Ella se mantuvo en silencio, Friegl continuó.

—¿Te interesaría leer uno de mis manuscritos? Es una novela, la verdad es que pasó algo muy extraño mientras la escribía, era como si ... pudiera captar personajes de otros mundos y luego, de un momento a otro, uno de esos personajes escapó, o algo así. Creerás que es una locura, pero esa fue mi sensación. De hecho, sé que un personaje estuvo ahí, pero ni siquiera sé cómo era, solo tengo la sensación de su existencia y no recuerdo nada más... ¿te ha pasado?

De pronto Rendraya volteó a mirarlo con toda la atención posible, en realidad, había cierta alarma en su mirada.

—¿De qué estás hablando?, ¿quieres decir que un personaje escapó de tu obra? No puede ser —afirmó exaltada.

Friegl se dio cuenta de que Rendraya escondía algo, que no solo se sorprendía por lo que le contaba, sino que había algo más; se le ocurrió que tal vez a ella le había pasado lo mismo.

—Me gustaría leer tu manuscrito. Es ese del que hablas, ¿verdad? El personaje, pertenece a ese manuscrito, a esa novela —dijo con ansiedad.

—Sí, aquí lo tengo.

Friegl sacó cuidadosamente una carpeta en donde se hallaba el fajo de papeles.

—Bien, necesito tiempo y necesito que me dejes sola para poder leerlo con toda mi atención, para poder concentrarme, quiero decir.

Rendraya intentó disimular su interés excesivo. Friegl agregó:

—Sí, es curioso, pero, aun cuando ese personaje desapareció, recuerdo el nombre. Por supuesto que no lo encontrarás en la novela, porque como te digo, se esfumó, fue como si nunca hubiera existido y al mismo era como si siempre hubiera estado ahí. Una sensación tan peculiar.

Rendraya levantó la mirada, con asombro.

—¿Y cómo se llamaba ese personaje?, ¿puedes recordarlo? —preguntó, luchando por controlarse.

—Sí, como te digo. Tenía un nombre poco común. Solo eso me queda. Era una mujer, se llamaba Éland.

Entonces, Rendraya comprendió que la mejor decisión de su vida había sido abrir esa puerta. Muchas cosas se asomaron en su mente, extrapolaciones; concatenación de sucesos, respuestas lógicas y un hambre desmesurada por conocer el argumento de ese libro.

—Sin embargo, Rendraya, ella no fue la única que escapó. La menciono porque, bueno, yo no la creé; era como si alguien me dictara su existencia desde otra dimensión, alguien que ... llámame loco, pero alguien que puede ser Dios —dijo sin pestañear el escritor, porque sabía que solo ella podría entender.

—¿Cómo dices?

—Solo te digo estas cosas a ti, porque sé que solo tú puedes entenderme.

Rendraya se levantó del sillón y se acercó a la chimenea. El fuego ardiente reverberaba en los espejos y se reflejaba en sus gafas, y en sus ojos grises nacía una llama, un deseo estrepitoso por saber más.

—Hubo otros personajes que sí fueron de mi creatividad, pero poco después de que Éland escapara, ellos también se fueron. No dejaron rastro. Y la historia se quedó con un solo personaje. El argumento en torno al cual gira esta historia narra los hechos de una sola persona. Aunque también recuerdo el nombre de la familia que creé, solo eso.

—¿Cómo se llamaban? —indagó nuevamente con laxitud, como si quisiera aplacar todo su paroxismo, toda su pasión.

—La familia Saudková. Incluso recuerdo los nombres. El nombre que más gustaba es Klür.

—Klür Saudková —repitió Rendraya.

—En verdad me da mucho alivio que entiendas todo esto que te estoy contando. Bueno, debo confesarte que tenía la esperanza de que tú me pudieras ayudar.

Rendraya iba maquinando la estratagema para usar a Friegl y traer a Éland de vuelta, pero no solo eso, tenía la intención de capturarla para que regresara a ser la protagonista de su gran obra, de esa obra inacabada, de ese libro que estaba destinado a ser el más grandioso. Por culpa de la osadía de Éland, la escritora no había podido continuar su historia.

Poco le importaba la amistad que se había sembrado entre ellas, poco importaron los años en que vivieron juntas. En Rendraya no quedaba rastro de calidez humana; ningún sentimiento que pudiera sugerir alguna clase de nobleza en el corazón quedaba ya en el alma de la escritora que se había convertido en una suerte de gigante sombrío y sin escrúpulos. Rendraya jugaba a ser Dios, y le gustaba hacerlo.

—Entonces, ¿en este manuscrito que me entregas no hay ningún dato sobre los personajes que mencionas? —Quiso asegurarse. Comenzaba a sentirse algo cansada.

—No, como te digo, no recuerdo nada excepto sus nombres —dijo Friegl. El tono de su voz parecía sincero.

—Entiendo. Bueno, lo voy a revisar y te estaré avisando. Yo estoy muy alejada de la ciudad, ¿tienes dónde quedarte? —preguntó suavemente.

—La verdad es que vine en mi auto, pero como vez está cayendo una lluvia muy fuerte y puede que sea un poco peligroso, pero no te preocupes, sabré cuidarme.

—Nada de eso. Te quedarás aquí conmigo, hasta que se sequen un poco los caminos. Claro, si tú quieres.

Friegl se asombró de esa reacción.

—Claro, me encantaría —dijo entusiasmado.

—Bueno, entonces, prepararé algo de té y escucharemos música.

Y con esas palabras, el plan maquiavélico de la que alguna vez fue una diseñadora web, había empezado.

CAPÍTULO XLIX

—Elfina mía —dijo Klür al ver a su amada, apenas bajó del avión.

La mansión de playa tenía una pista de aterrizaje y un hermoso jardín frontal donde había esculturas minimalistas.

El joven Saudková estrechó a Elfina contra su torso y le dio un largo beso en los labios. Ella no le dijo nada, se limitó a observarlo fijamente a los ojos, luego pronunció:

—Tus amigos se han ido a pescar, regresarán en una hora aproximadamente —dijo con cierto aire indiferente.

—¿Por qué estás tan fría conmigo Elfina?

—Es que solamente te estaba esperando para despedirme. Esta noche me voy, ya tengo todo arreglado. No deseo que por mi causa dejes desatendida la compañía de tu familia, es tu deber encargarte de ella, es tu deber ir a donde te dice tu madre. Si me lo permites, me quedaré en esta isla, me gusta mucho estar aquí, pero estaré por mi cuenta.

Klür no soportó la idea de tener a Elfina lejos de sí, y no pudo aguantar el dolor. Rompió en llanto, y, tomándola de las manos, le imploró.

—Querida Elfina, cuásar infinito, no me dejes. Yo solo, no puedo vivir sin ti, no puedo. Pero, no es como si se lo dijera a cualquier mujer. Sé lo que eres y sé quién eres. Aún tenemos mucho para decirnos. ¿Recuerdas que prometí contarte el secreto de mi familia?, ¿recuerdas que prometí hablarte de la pelota de flores? No lo he olvidado, y sé que ha pasado tiempo sin decírtelo, pero ahora ha llegado el momento, y te lo contaré todo. —Sus lágrimas brillaban en su tez dorada mientras Elfina las secaba con los dedos.

Entonces, Klür le narró la historia de su origen y su familia.

—Elfina, yo, en realidad no existo —dijo, como quien ha perdido el temor de confesar sus secretos.

—¿Qué quieres decir con que no existes? Estás aquí y ahora, y puedo verte, sentirte —respondió ella con extrañeza.

—Soy el personaje de un libro, me materialicé junto con mi familia porque aprendimos a usar la magia. De hecho, Éland, con quien estuviste estos dos últimos días, fue quien nos enseñó a realizar tal prodigio. —Hizo una pausa—. Ella también es un personaje de ficción.

Si Elfina no hubiera sido quien era, no hubiera podido creer estas afirmaciones, pero como ella misma había logrado vencer la locura y la muerte, e incluso el tiempo, entendía perfectamente las palabras de su amado Klür.

Él le siguió narrando cómo fue su vida cuando fue parte de las páginas de una novela, cuyo autor le era desconocido. Le contó cómo Éland había aparecido de un momento a otro entre su familia como la hija perdida, y que ellos, los Saudková, habían estado viviendo con un velo en los ojos hasta que apareció ella y les enseñó el poder de los sueños y la imaginación; algunas técnicas mentales no muy conocidas fueron aplicadas para convertirse en seres humanos de carne de hueso. Así, los Saudková vinieron al mundo, al planeta Tierra y fundaron su imperio rápidamente, pues conocían los secretos de la manifestación.

Klür prosiguió con su explicación.

—La pelota de flores no es más que un amuleto para recordarnos de dónde venimos. Es el símbolo de nuestro origen y de nuestro pasado. Una vez fuimos ficticios, y jugábamos en el patio de nuestra casa imaginaria. Cuando me convertí en humano, soñé que era prisionero, que estaba destinado a jugar basquetbol con la pelota de flores, de por vida; sin embargo, apareció un ser luminoso que nos salvaría del olvido, y de la esclavitud —dijo con una sonrisa en los labios.

Elfina lo miró consternada.

—Compartimos ese sueño, Klür. Yo era ese ser de luz, y tenía que jugar ese partido para salvar a unos prisioneros.

Klür continuó.

—Le conté a mi familia sobre esta pelota de flores, tan hermosa y singular, y acordamos que sería nuestro símbolo. Pensamos en ese momento que el ser de luz había sido Éland, una representación de su presencia en nuestras vidas. Ahora sé que eras tú, Elfina. Aunque, por algún motivo, pienso que nuestra historia aún no ha terminado.

Y con esas palabras, terminó de hablar.

—Ahora me toca a mí, Klür. Debo contarte lo que me pasó. Pero ahora no es el momento, tus amigos están por llegar y ya no hay tiempo. No puedo irme ahora que sé la verdad. Y sé que pase lo que pase, debo seguir en tu vida. No puedo abandonarte, así como así. Si tienes que irte, me iré contigo, y si quieres quedarte, me quedaré, pero el juego debe continuar, porque ese ser maligno vendrá, y yo tengo que protegerlos. —Cuando Elfina hablaba del ser maligno, se refería al monstruo de sus sueños, el que obligó a los Saudková a jugar el basquetbol eterno. No era más que una metáfora.

Elfina abrazó fuertemente a Klür, descansando su mejilla en su cuello. Se quedaron así por unos minutos, hasta que Walcrass los interrumpió.

—Disculpen, han llegado la señorita Éland y el señor Sashkia, desean verlos.

Entonces, se fueron a su encuentro.

154

CAPÍTULO 1

Cuando Friegl se hubo marchado a la mañana siguiente, prometieron estar en contacto. Apenas se encontró sola, Rendraya fue directo a devorar el manuscrito de su antiguo amigo. Comenzó a descubrir una historia sobre un asesino, con pensamientos de ira, de destrucción, de morbosidad y de una violencia sin límites.

Vaya, pensó, *esto sí que es macabro. Una persona con toda esa maldad por dentro, ¿Cómo puede existir?*

El asesino se encontraba más irascible que nunca en un punto de la historia porque no había nadie a quien pudiera matar. Se encontraba en un páramo, completamente aislado.

Conforme iba leyendo la historia, a Rendraya le iban asaltando las ideas.

—Me gusta este sujeto, es como una fiera salvaje encadenada, esperando su oportunidad para liberar a sus demonios internos. ¿Habría sido él el asesino de Éland o de los Saudková? —dijo para sí.

De pronto, el asesino, desde otro plano, le respondió.

—Sí, estoy buscando a esos miserables, pero aquí no hay

nadie, solo yo con mis pensamientos. Camino noche y día por este desierto –dijo el hombre.

—Pero, ¿¡cómo es esto posible!? —exclamó la escritora, y luego, vino a su memoria una escena de hacía muchos años, cuando, siendo un personaje de un poemario, pudo entablar conversación con Muyan Khun.

—Ahora recuerdo —dijo para sí—. ¿Cuál es tu nombre?

El asesino le respondió:

—Soy Spring. Mi nombre es ridículo, pero eso no importa; a veces la vida es paradójica.

—Entiendo —dijo Rendraya con falsa empatía—. Y si te dijera que yo sé dónde puedes encontrar a los Saudková y a Éland, ¿qué pensarías?

Spring se azoró, y con enérgico ímpetu, gritó alzando el puño.

—¡Te exijo que me digas dónde están esas basuras!

—¿Y qué gano yo al decirte? —respondió fríamente.

—Un momento —interrumpió Spring—. Aun cuando me lo dijeras, no vas a hacer que aparezcan por arte de magia, ¿cómo tendré contacto con ellos?

—¿Y si te dijera que yo puedo hacer que te materialices

como un ser humano, en esta realidad que habito? –propuso Rendraya con malicia.

—Pero tú eres una escritora-diosa, esta conversación ni siquiera debería ser posible.

—Lo sé, lo sé. Sin embargo, querido Spring, conozco el secreto para saltar de una dimensión a otra sin problemas. Pero no te diré más, solo que otros como tú lo han logrado, y por eso no puedes encontrarlos.

—Ya entiendo lo que quieres decir, arpía. ¿Qué quieres a cambio de tus malas artes?

—Quiero que trabajes para mí. Necesito encontrar a Éland y a los Saudková, para fines que no te incumben. Quiero que me los traigas intactos, y luego veremos qué recompensa puedo darte a cambio de esa hazaña, si es que fueras capaz de lograrla. –Sabía elegir sus palabras con astucia, de este modo, presentaba la misión como un reto muy complicado y despertaba aún más la sed de Spring.

—¿Quieres decir que no puedo matarlos?

—Por el momento no. Al menos no hasta que cumpla mis propósitos. Solo quiero que me los traigas. Te pagaré bien. Tengo un nuevo proyecto entre manos y necesito tu colaboración.

Rendraya no quería enviar a su editor un libro viejo. Esta vez, quería deslumbrar a todos los lectores con su mayor obra, ya que su ambición no tenía límites.

Pensó, *cuando Spring me traiga a Éland y a los Saudková, mi libro cobrará una nueva vitalidad. Reinventaré para siempre la Literatura.*

A continuación, Spring selló el trato con las siguientes palabras:

—De acuerdo escritorzuela, acepto tu propuesta. —Y su semblante iracundo y agotado vio un rayo de esperanza—. Espero que esa dimensión en la que estás valga más la pena que esta pocilga.

—Y yo espero que te sepas comportar, porque en cualquier momento puedo hacer de tu existencia un hoyo oscuro y silencioso; cuando me dé la gana.

Spring soltó una rauda carcajada.

—Está bien mi señora, disculpe usted mis modales tan bruscos. Estoy listo para el objetivo que me ha encomendado –dijo suavizando su tono de voz.

Y con el poder de sus pensamientos, Rendraya activó la materialización de Spring, mientras sonreía maquiavélicamente.

Pensaba que ese viaje a Nai, el cual había hecho hacía tanto tiempo, finalmente estaba dando sus frutos.

159

—¡Éland!, ¿eres tú? —dijo Klür con asombro al ver a su antigua hermana ficticia.

—Vaya Klür, tú sí que te conservas; y dime, ¿cuál es tu secreto? —Los dos rieron amigablemente y se abrazaron.

—Hola Sashkia, qué sorpresa. —Y se dieron un apretón de manos

Los cuatro se sentaron en la sala de estar y comenzaron a platicar de diversos temas; había mucho que clarificar aún, pero de momento decidieron relajarse y contemplar la espléndida vista.

—¿Cómo están tus padres? —quiso saber Éland.

—Están en Tebium. Pronto tendré que ir allí, pero aún no he decidido si aceptaré la oferta de mi madre —dijo mirando a Elfina.

En ese momento, Walcrass entró con una bandeja.

—¿Y cómo les fue en la pesca? —preguntó Elfina

—No pescamos nada —dijo Sashkia, apesadumbrado—, pero nos divertimos mucho jugando con los delfines. Los delfines de aquí son hermosos.

—Ah, eso sí —añadió Klür.

—Un momento —interrumpió Sashkia—; quiero saber cómo es que ustedes se conocen, ya que tenemos la oportunidad de encontrarnos —dijo, refiriéndose a Éland y Klür.

—¡Oh! —respondió Éland nerviosa—. Bueno, es que... nuestros, nuestros padres se conocían. Sí, eran amigos y bueno, de niños nosotros nos reuníamos para jugar.

—¿Y por qué la diferencia de edad? Digo, Éland es bastante mayor, ¿no? —afirmó Sashkia intrigado.

—¡Oh!, yo puedo explicar eso —dijo Klür—. Bueno, cuando la Tierra comenzó a colapsar y todos comenzaron a querer fugarse de allí para viajar a los planetas descubiertos por Anhon, mi familia lo hizo por anticipado y nosotros tuvimos la suerte de tener acceso a cámaras criogénicas, por lo que cuando tuvimos nuestra odisea en el espacio, no envejecimos en absoluto.

—Ya veo, eso es extraordinario —dijo Sashkia con asombro—. Por otro lado, no sabes qué gusto me da que Elfina esté contigo y que los dos sean felices, brindo por eso, bueno, no hay licor, pero igual quiero brindar.

—Espera, espera, tengo un vino muy añejo que guardo desde hace tantos años y quiero usarlo esta noche. Voy a traerlo.

—Klür se dirigió a su bodega, ya que solo él tenía la llave.

Éland le preguntó a Elfina:

—Y entonces, si Klür decide irse a Tebium, ¿te irás con él?

—Ya hemos hablado de eso y tuvimos que llegar a un acuerdo, por el momento debemos estar juntos —respondió muy tranquila.

—Entiendo.

Luego, Elfina cambió de tono a uno más relajado y agregó:

—Pero aún no se sabe. ¿Por qué no se quedan un tiempo a disfrutar de este clima y de este paraíso? Después de todo, la amistad es algo que merece celebrarse.

—Me parece bien —dijo Sashkia—, gracias por la invitación.

Klür regresó con esa prometedora botella de vino y los cuatro brindaron con mucho entusiasmo.

—Brindo por la celebración de la vida. A su salud —dijo Klür alegremente.

Comenzaba a anochecer. Se quedaron viendo el horizonte a través de la ventana que daba hacia la playa y los cuatro brindaron, sin sospechar que pronto vendría una terrible oscuridad.

Cuando Klür y Elfina estuvieron solos, ella le contó su historia, o al menos, una parte.

—Huí de casa a los veinticinco años, después de haber soportado torturas. Viajé por el mundo y por azares del destino conseguí mi boleto a D-107, aquí conocí a Dion, un hombre que podía hablar con los pájaros azules. Me quedé dormida durante veinte años, sin que ello afectara en lo más mínimo mi salud, muy por el contrario, durante ese tiempo rejuvenecí. Dion me cuidó y luego volví a la civilización.

—Pero Elfina —interrumpió Klür con asombro—. ¿Cómo es eso posible? ¡Dime!

—De la misma forma en que ahora parezco de veinte años. Es posible de la misma forma en que sobreviví al maltrato más aterrador por parte de mi padre. –Tomó aliento–. Durante los días en que no estuviste, Éland también me contó sobre mi hermano, de quien pensé que ya no tendría noticias nunca más.

—Tenías un hermano, claro.

Los dos yacían en su dormitorio, sentados en el sofá beige junto a la ventana. El sol descendía sobre las nubes.

—Sí. Él había ganado un Premio Nobel de Literatura por

ser un gran poeta. Me enteré de ello mucho después, por los periódicos; porque en realidad yo nunca lo conocí. Mi padre nos mantuvo alejados. Pero ya no quiero hablar de esa época, fue lo más atroz que viví. Lo más importante es que salí con vida y desarrollé poderes, poderes ocultos que nadie más tiene. —Ella hablaba con una voz apaciguada que dejaba traslucir una rara fortaleza.

—¿Estás segura que nadie más los tiene? —Klür hizo bien en dudar.

—Bueno, por lo que me cuentas, Éland también tiene poderes ocultos, pero no de la misma forma. La admiro mucho, creo que no he conocido a nadie como ella —afirmó con convicción.

—Estoy de acuerdo.

Klür se levantó un momento para traer una manta.

—He tenido muchos sueños extraordinarios, como ya lo sabes. La mayoría de ellos ya te los he contado, pero no te conté uno de los sueños más reveladores. —Elfina se acurrucaba en el hombro de Klür mientras hablaba. Los dos se miraron fijamente por unos instantes.

—Quiero saber —respondió él con dulzura, y pasó sus dedos por las orejas de la maga inmortal.

—No hay mucho que decir al respecto, solo la siguiente imagen: me encuentro en una nave espacial desconocida, de pronto aparece Cristo, puedo verle el rostro, es un rostro triste, infinitamente triste y resignado. Casi cerrando los ojos me mira y extiende los brazos, doblándolos hacia arriba, sosteniendo una gran "M" de fuego que irradia una luz potente y concentrada. Luego, aterrizamos en un planeta no identificado y nos encontramos con una colonia de alienígenas que al parecer están en una peregrinación. No entiendo este sueño, no sabría decir qué significa, pero sí lo pinté.

Cuando terminó de describir aquella visión onírica, se quedó sin aliento. Klür parpadeó con dificultad.

—Ya veo. No hemos tenido tiempo de tener esta conversación, pero todo lo que tiene que ver contigo, quiero saberlo –dijo con ansiedad, luego prosiguió—; esos seres alienígenas que viste, ¿cómo eran?

—Tenían largos cuellos, su piel era arcillosa, y sus ojos estaban muy separados. Klür, sé que dentro de poco tendremos que enfrentar muchas penurias. Disfrutemos mientras podamos en la isla, reunámonos con tus amigos. Brindemos cada vez que se pueda, porque luego será muy difícil sonreír —vaticinó Elfina con estoicismo.

—Entiendo —dijo suspirando, luego añadió—: sabes, he decidido quedarme, no iré a Tebium a sentarme tras un escritorio. Seré un agente activo, pero no me mudaré. Quiero ir a tu galería. Quiero ver las fotos y los cuadros últimos.

—Pero será mañana, ya es tarde —dijo Elfina mientras contemplaba el ocultamiento del sol.

Los próximos días, los cuatro amigos disfrutaron de momentos inolvidables. Paseos por la playa, fogatas frente al mar, visitas a la galería de Elfina, visitas guiadas por los monumentos arquitectónicos de la isla, aventuras en parapente, caminatas hacia la montaña y muchas otras cosas.

El peculiar grupo se lucía por la isla como un florilegio privilegiado, y conforme pasaban las semanas, Éland y Sashkia cada vez estaban más unidos.

El nombre de Elfina Khun fue haciéndose famoso en lo que se refería a Arte y Fotografía. Le llegó una invitación para exponer sus obras en la ciudad de Kraszs y Elfina aceptó ir; Klür la acompañó. Todos quedaban fascinados con los cuadros, que parecían cobrar vida. De alguna manera, Elfina podía controlarlos, para evitar desastres como en su primera exposición.

Su última noche en la meca de las Artes y las Letras, Klür le obsequió un collar, pero uno muy particular.

—Elfina mía, este collar fue usado por mi madre, ya ves que lleva un dije con la inicial de los Saudková y el escudo. Quiero dártelo para que sepas que es mi deseo pasar el resto de mis días contigo. ¿Quisieras ser mi esposa?

Elfina lo abrazó fuertemente, y se colocó el collar alrededor del cuello.

—Ya pensaremos en algo —le respondió escuetamente.

Los dos se sumergieron en una noche estrellada profunda donde los sueños aterrizan trayendo consigo poesía, Arte, amor, vivencias que quedarían selladas eternamente en el corazón de estos dos jóvenes amantes.

*

Cuando Éland y Sashkia arribaron a la isla de los Saudková, no pensaron que se quedarían cinco años. Fueron épocas cargadas de aventuras, placeres, alegría infinita entre los amigos, viviendo sin preocupaciones.

Durante ese tiempo, Elfina y Klür contrajeron nupcias, y no solo eso, Elfina había traído una sorpresa al mundo: un bebé. Un niño cargado de misterio, demasiado inteligente para su corta edad y con una intuición desbordante. Tenía los ojos rasgados de Klür, el cabello negro de su madre, y los demás rasgos eran propios. En la primavera de aquel año, el pequeño

Dion, que así lo nombró Elfina en honor a su más leal amigo del pasado, cumpliría tres años.

Se habían quedado en la isla todo ese tiempo, junto a sus amigos, y de momento no planeaban cambiar de estilo de vida. Los padres de Klür los visitaban ocasionalmente, y, por otro lado, Elfina se había convertido en una famosa artista. Su última colección de cuadros develaba imágenes aterradoras y bellísimas, y los críticos se confundían al escribir sus reseñas en los diarios.

Cuando Klür estaba ausente, Elfina se internaba en el bosque para charlar con los pájaros azules.

Una mañana poco antes del almuerzo, se adentró en la vegetación de la isla, llena de árboles frutales y exóticos manjares. Un pájaro azul bajó del cielo y le dijo:

Lo que te hemos dicho se ha cumplido y ahora también queremos transmitirte algo nuevo. Muy pronto todo cambiará para siempre, pero de una manera que el mundo jamás olvidará. Estás en peligro, y más aun Éland y la familia Saudková. Pero, todavía tienen tiempo, deben resguardarse muy bien en los próximos meses.

Elfina lo miró largamente, como si para ella nada fuera motivo de sentir temor después de todo lo que había vivido.

—Querido amigo —le susurró silbando—, sé que la gran

guerra aún no comienza, después de tantas batallas. Cuando llegue el momento adecuado, sabré hacerles frente a mis enemigos.

A Elfina le encantaban estos momentos a solas, amaba la paz de la naturaleza y hablar con los pájaros azules le recordaba a Dion; en ocasiones se arrepentía de haberlo rechazado, pues ella también había sentido amor. Se preguntaba por qué con Klür fue todo diferente, por qué su norma de vida de no enamorarse jamás se había roto. Sin embargo, era feliz, y ahora tenía a un fruto de su vientre que era su mayor orgullo y a quien vería crecer, estaba segura. El pequeño Dion; a esas horas seguramente estaría tomando su siesta, al resguardo de Lina.

De pronto, vinieron otros pájaros azules y entonaron un coro ardiente, una canción proveniente de algún lugar donde las alas de los ángeles rozan sus cuerpos y la voz del Ser Supremo se puede escuchar.

Elfina Khun había descansado por varios años, había encontrado la felicidad y ahora se preparaba para la siguiente evolución.

*

Al cabo de unos días, una novedad invadió la isla de los Saudková, que no era ajena a la moda y a las tendencias. Un libro llamado *El sol también duerme* de la autora Rendraya Lauden se había convertido en una obra superventas que arrasaba en todas las librerías. Publicidad de aquel libro invadía la ciudad y el clan de los amigos entrañables no quedó ajeno a este acontecimiento, pero como Elfina, Klür, Éland y Sashkia odiaban la moda, no quisieron leer el libro y no mostraron interés en él, excepto tal vez por Éland, a quien se le veía algo inquieta. Para Éland fue una revelación saber de Rendraya de aquel modo. Siempre supo que ella era una extraordinaria escritora, el solo hecho de haber sido su creación ya decía mucho. Había sido su mejor amiga algún tiempo atrás, pero su relación se había visto deteriorada con su desaparición repentina. Si Éland hubiera querido, se hubiera comunicado con Rendraya, sin embargo, no hizo nada para contactarla, ni siquiera la mencionó entre sus allegados. Nadie sabía que Éland había salido de la mente de aquella narradora y poeta, que ahora había alcanzado el éxito.

No existían entrevistas, presentaciones, o apariciones de R. Lauden en la prensa, solo la portada de su libro se exhibía en paneles, pasacalles y pósters en librerías.

El día 20 de octubre del año 33 D.T., los cuatro amigos se reunieron en la mansión para celebrar el cumpleaños del pequeño Dion. Habían organizado una parrillada en el jardín trasero, y tomaban el sol alrededor de la enorme piscina. El pequeño Dion reía y jugaba alegremente mientras chapoteaba con sus amiguitos, Elfina y Klür cuidaban los trozos de carne en la parrilla; Sashkia, Éland y los padres de los invitados conversaban animadamente mientras se tomaban unos martinis y escuchaba una canción de Third Sun.

—Te digo Éland, a donde voy todo mundo está hablando de ese libro, ¡Ya estoy harto!, mientras más me insisten en que debo leerlo, menos me dan ganas —le dijo Sashkia con fastidio.

Ella se puso ansiosa.

—Ah, sí, claro. Bueno, a mí no me interesa en absoluto.

—Pero deben reconocer que el nombre *El sol también duerme*, es inquietante, ¿verdad? —comentó LaMar.

—Según mis cálculos, el sol viviría unos cinco mil millones de años más —le refutó Gahem—. Así que todavía falta mucho para que se ponga a dormir.

Walcrass trajo unos bocadillos mientras el pequeño Dion salía de su piscinita y Lina lo secaba con cuidado.

Luego, Éland zanjó:

—Yo creo que el sol nunca dormiría.

Apenas dijo esto, el cielo se tornó oscuro, como si anocheciera de un momento a otro, como si el sol hubiera desaparecido abruptamente. Todos se reunieron impactados.

—Pero, ¿qué pasa? —dijo Elfina con exasperación.

—Tal vez este planeta esté en peligro —dijo Klür, tratando de hallar una explicación.

Surgieron ocho lunas en el cielo, pero ni una sola estrella. El pequeño Dion no lloró. Solo le dijo a su mamá que quería ir a dormir.

—Vámonos hijito, te llevaré a tu cuarto. —Elfina trató de controlarse frente a este fenómeno que atemorizaba en exceso.

—Tal vez deberíamos irnos a K-86, a Resurrección o a algún otro planeta —exclamó Sashkia.

Los invitados tomaron a sus hijos y fueron retirándose, alarmados.

En ese momento, Ladkya llamó a Klür por teléfono.

—Es como si ese libro fuera una maldición, ¿no es así? —comentó Éland.

—¿Qué dices? Es solo un libro, es ficción, supongo. No tiene nada que ver con lo que está pasando —respondió Sashkia, tratando de ser más realista.

—¿Lo crees? Bueno, ¿y por qué es como si el sol se hubiera ido a dormir? —volvió a cuestionar Éland.

—No sabemos todavía. Tal vez mañana todo se normalice.

Se fueron a sus habitaciones, pues se les había quitado el apetito. Apenas si pudieron conciliar el sueño, sin saber que ese sería el primer día de la noche más larga de sus vidas.

*

Pasaron semanas y meses, y la luz del sol no volvió. Elfina, Klür y sus amigos no tuvieron mejor idea que quedarse en la mansión a resguardarse de posibles fenómenos y tumultos aún peores que la noche permanente.

Trataban de llevar una vida lo más parecida posible a la que tenían antes de la completa oscuridad. Elfina seguía preparando nuevas exposiciones, y un día en medio de sus tantas reuniones con artistas e intelectuales en su Galería de Arte, conoció a Unity, un maestro zen que guardaba la sabiduría ancestral de la espiritualidad más pura y sublime.

—Cuando veo tus cuadros, pienso que hay algo muy misterioso en torno a ellos. Es como intuir lo que hay detrás del rostro de Dios —le dijo Unity a Elfina durante la recepción de una inauguración.

—Hay ciertas cosas que no pueden explicarse –le respondió la maga.

Y entonces comenzaron a hablar del origen de Unity, de Dios y del alma humana.

—Pienso que hay cosas que deben quedar ocultas, y no sé por qué te las he dicho, Elfina Khun.

A su vez Elfina le respondió:

—Y yo le he contado lo que me pasó solo a dos personas, una de ellas ya no está con nosotros. ¿Por qué has venido? —indagó con curiosidad.

—Vengo del mundo onírico, antes de existir, alguien me soñó. Estoy aquí para ayudarte, porque sé que dentro de poco alguien vendrá por ti y por los tuyos, para hacerles daño.

Elfina lo invitó a quedarse en la mansión, esa noche la esperaban para degustar una deliciosa cena de celebración. En el trayecto, el joven maestro le enseñó muchas cosas.

—Sufriste lo indecible, pero elegiste ser fuerte. Hay personas que no resisten y se quitan la vida, otras, le arrebatan la vida a los demás. Pero tú, tú ascendiste a donde es posible habitar la eternidad. Tu misión es más de lo que crees ahora,

Elfina. —Pronunciaba estas palabras con una calma profunda mientras se acomodaba las mangas de su kesa.

—Creí que mi misión solo era proteger a mi familia y amigos, ¿qué más debo hacer? —dijo ella consternada.

—Has visto la Verdad en tus sueños. El Ser Supremo vendrá. Cosas terribles están pasando, pero tú tienes la llave en tus palabras. Sé que hay un libro que estás escribiendo –le dijo el maestro con una sonrisa. Y agregó—: pronto sabrás el destino de ese libro, lo necesitarás.

Entonces, Elfina lo miró sorprendida.

—No sabía que estabas informado de eso. Pero mi libro no es la gran cosa, solo es un diario.

—A veces, la visión de una sola persona, puede representar a toda la humanidad —dijo Unity, como si acabara de desentrañar algún acertijo. Su mirada transmitía una paz inédita, sus ojos de un verde esmeralda profundo parecían dos estrellas que iban alejándose en el vasto universo.

Al llegar a la mansión, Elfina presentó a Unity con mucha deferencia y respeto. Klür lo miró sorprendido y le dijo:

—Te he visto antes. Ya nos conocemos, ¿verdad?

El maestro asintió. Cuando Unity miró a Éland, no pudo evitar decir:

—Así que tú eres la causante del desequilibrio de la vida. No pensé que te conocería aquí.

Éland lo miró con asombro y respondió:

—¿De qué está hablando?

—Tú no deberías estar aquí, Éland, o debería decir, Andreya. Pero hay alguien más que tiene la responsabilidad directa.

Sashkia se limitó a observar, y como no entendía nada, prefirió callar.

De pronto, el pequeño Dion comenzó a reír y estiró los brazos hacia Unity.

—Los niños son perfección divina —dijo el maestro, y lo tomó en sus brazos. Se fueron a recorrer el salón, mientras lo otros cavilaban y se preguntaban qué pasaría ahora.

—Lo he invitado a quedarse, me ha dicho muchas cosas sobre mi pasado, presente y futuro. Es un joven muy sabio y ya es la segunda vez que me advierten del peligro que corremos —le dijo Elfina a Klür en confidencia.

—Está bien Elfina, creo que nos será de gran ayuda. No sé dónde lo he visto antes —le respondió su esposo.

El maestro se acercó.

—Klür Saudková, vengo de tus sueños —dijo Unity, mientras dejaba al niño en el sofá.

—Entiendo... Sí claro, ya recuerdo.

Entonces les narró su sueño:

—Deambulaba por una casona, era como un centro comercial muy antiguo. Subía unas escaleras, y en el tercer o cuarto piso te encontré, Unity. Me dijiste que mi aura creativa era negra, y me diste un papel para invocar a los muertos, como no pude hacerlo, tú invocaste al alma de un niño, se veía transparente y lloraba de dolor. Luego me dijiste que me ibas a brindar tus servicios, y sin más, desapareciste. Hay otros detalles del sueño que no recuerdo bien. La verdad es que yo no soy el que sueña estas cosas, es Elfina... —Terminó de hablar y dio un suspiro.

—Todos podemos tener los dones y visiones —pronunció Unity, y posó su mano sobre el hombre de Klür.

—Ya es hora de que Dion se vaya a descansar —dijo Elfina, y llamo a Lina para que lo llevara a su habitación.

Los cinco se sentaron en el gran comedor y Walcrass sirvió la cena. Por un momento olvidaron el misticismo de esa reunión y comenzaron a charlar de cosas triviales y cotidianas, mientras escuchaban la música de una artista que en la Tierra había sido muy famosa. Se asomaron a la ventana para contemplar las ocho lunas inmóviles que persistían en el firmamento.

—Ya se va a cumplir un año de esta oscuridad —dijo Sashkia—. Mientras tanto, a las personas no les importa, la ven como algo curioso, y solo esperan el próximo libro de Rendraya Lauden, el cual parece demorar a propósito.

De esa manera, se despidieron, y se fueron a descansar, añorando un mañana más radiante y, sobre todo, con la luz del sol.

CAPÍTULO LII

El primero de enero del año siguiente, Klür asesinó a Spring con la pistola que llevaba consigo a todas partes. Hubiera sido más interesante ver una lucha sin cuartel entre el asesino en serie y los cinco amigos, pero no fue así. Spring era un matón ordinario y Rendraya no cayó en la cuenta de ello, de tal manera que, aparentemente, su intención de capturar a Éland y a los Saudková se vio frustrada de inmediato.

Spring había viajado a la isla y había dado con la mansión en un santiamén. El proceso fue impecable, mas no el resultado. Sin embargo, el peligro aún estaba latente. Entonces, Unity le dijo a Elfina y a Éland:

—Ella está por venir, y trae consigo la tragedia.

—Estaré preparada —le dijo la maga. Y fue a buscar su cuaderno de notas, el mismo que había encontrado el primer día que arribó a la isla. En él, había hecho anotaciones a las que nadie tenía acceso.

Estaban todavía hablando, cuando se abrió un portal en el cielo, luces destellantes multicolores se esparcían en el firmamento negro, y de él emergió el viejo Frostelger y

Rendraya, la autora de la oscuridad. Descendieron y aterrizaron en el jardín de la mansión. Unity advirtió:

—Ha llegado. Es hora de desplegar todos nuestros recursos de defensa. —Inmediatamente salió para luchar contra la escritora-diosa.

Al verlo, Rendraya exclamó:

—Vaya, así que un nuevo soldado está sus filas. No importa, a ti también te capturaré. Vendrás conmigo así no lo quieras —fueron sus frías palabras de presentación.

Frostelger, que había caído subyugado por esta hechicera, le preguntó:

—¿Entonces el monje vendrá con nosotros?

—No —dijo con displicencia—, esperaremos a que salgan los protagonistas de esta historia.

Y soltó una risotada estridente.

Elfina se aseguró de resguardar al pequeño Dion en el sótano, junto con los sirvientes, y salió a dar batalla de la mano de Éland, mas no permitió que Klür y Sashkia las acompañaran, ya que se enfrentaban a un monstruo cuyo poder solo era comparable con los de estas mujeres místicas.

Cuando Rendraya vio a Éland, lanzó un grito. Era una señal. Entonces, Frostelger se abalanzó contra ella, pero Éland conjuró a la nieve, sepultando a su atacante. Quedó inconsciente tras un montículo de hielo; mientras tanto, Elfina se acercó portando su diario, su diario mágico; lo abrió y se preparó para escribir en él decretos de manifestación.

—¿Y tú quién eres? ¿Acaso también eres escritora? —preguntó Rendraya con incredulidad.

—Si tuvieras la oportunidad de salvarte en esta ocasión, ¿dónde quisieras estar? —respondió la maga—. No quiero ser cruel contigo.

Rendraya la miró con resquemor y hasta con cierto temor. Sin pensarlo más, desplegó las páginas de un manuscrito encuadernado, que levitó frente a sus oponentes al mismo tiempo que las igualaba en tamaño. Las gruesas hojas de papel quedaron abiertas de par en par; se asemejaban a las alas de un pájaro gigante que aleteaba furiosamente y las tragaba. Todo ocurrió en menos de cinco segundos.

El diario que Elfina había elaborado con tanta dedicación, el libro mágico que cambiaría el curso de los acontecimientos y que la salvaría a ella, a sus amigos y a su familia de esta terrible bruja, no tuvo la oportunidad de mostrar sus poderes.

Al presenciar todo esto, Unity trazó un plan, y tras una venia, desapareció.

Rendraya fue capaz de capturar, primero, a la protagonista

de su más grande novela, Éland, o la que originalmente fue nombrada Andreya, aquella que osó liberarse de su yugo, a la aventurera que se emancipó de su mente, quien hizo posible la más grande proeza en la literatura, la que cambió para siempre el alma de la ficción; y también a Elfina Khun, la que sobrevivió al abuso, al maltrato y la tortura, quien logró dormir veinte años y vio la eternidad, y al Ser Supremo. El mal se regocijaba, la oscuridad vomitaba a ráfagas el éxtasis de haber vencido, al menos por ahora.

Rendraya halló a Klür, al pequeño Dion y también los capturó. Por suerte, Sashkia fue ignorado.

Inevitablemente, la bruja viajó a Tebium en busca de Ladkya y Rodjan, para completar su colección, y luego volvió a su cabaña maldita a enriquecer su vieja historia. Las ideas venían a ella como tormentas de acero, de un acero cuya dureza era imposible de quebrar. Su imaginación venía de lugares que no era capaz de comprender, los personajes cobraban vida propia en su historia, pero seguían bajo su dominio. El libro mágico de Elfina iba marcando la pauta del argumento. Un libro dentro de otro libro.

Rendraya pasó algunas noches en vela, pues el éxtasis que le provocaba haber cumplido con sus anhelos más fervientes no la dejaban dormir, y no podía dejar de escribir.

Y así, siguió escribiendo, hasta que terminó su preciada

obra. El libro más grandioso de todos los tiempos.

CONTENIDO

OTROS TÍTULOS DE LA AUTORA

El ángulo abierto de la noche

Planeta Délfico y otros cuentos

Enlightenment of derangement

En este desierto florecen océanos

El Guardián del planeta délfico

Viaje al fin del océano

Deja que la luz reine